DREAMMAN

EL HÉROE DE LOS SUEÑOS

AUTOR Y DISEÑADOR GRÁFICO:

ELDER J. RODRÍGUEZ

EDICIÓN:

JESÚS RODRÍGUEZ

www.dreamman.us

ISBN: 978-0-9888147-3-8

ÍNDICE

PRÓLOGO

En mi primera novela titulada: *"La *Madeja"*, se narró el nacimiento de una nueva especie de héroe: Dreamman, el Héroe de los Sueños de la ciudad de Miami. Con sus fantásticas habilidades nos mostró un nuevo mundo lleno de aventuras, peligros y amor cuando creía todo perdido.

En esta oportunidad nuestro héroe se verá envuelto en una serie de acontecimientos que le obligarán a luchar por salvar a la nación en contra de mafiosos y asesinos. Éstos planean perturbar el descanso y hasta arrebatar la vida de las personas en su afán de controlarlo todo para beneficio propio.

Luego de haber accedido a los sueños del presidente de los Estados Unidos y conocer sobre ciertos planes peligrosos, descubre que atentan contra las vidas de millones de habitantes y protagonizará una serie de acontecimientos que desatan fuertes conmociones en el Reino de los Sueños. Nuevas revelaciones, secretos y apariciones inesperadas, marcarán su vida nuevamente. Incrementa su compromiso tanto hacia el mundo real, donde trata de establecer una vida aparentemente normal; como hacia el Reino de los Sueños, donde con cada viaje se afianzan sus deseos de conocerlo a profundidad, ayudando a las personas necesitadas.

No hay cabida para la maldad, la injusticia y la crueldad. No existen malos pensamientos ni secretos ocultos ante la presencia del justiciero enmascarado de los sueños. Les invito a disfrutar de una nueva obra de ciencia ficción que ha tocado a las puertas de mi imaginación y de esa misma manera poder llevar junto a usted, un rayo de luz y esperanza a quienes más lo necesitan. Los niños, Pequeños Gigantes que luchan día a día por su vida, en contra del cáncer infantil.

*Madeja: *No es más que el nombre dado por Danny al centro de los sueños. Al cerrar los ojos preparándonos para dormir, el cuerpo se cubre de una capsula luminosa en forma de ampolla. De ésta emerge un conducto en forma de un ancho tubo flexible que hace conexión con La Madeja, donde todos los conductos del planeta se entrelazan; de esta forma comenzamos a soñar. Danny es la única persona capaz de ver éste proceso tal como se describe, se transporta a través del conducto para luego escapar de él; pudiendo observar a las personas soñando a su alrededor en el espacio intertubular (la dimensión de los sueños). Es allí por donde se desplaza buscando almas atormentadas que no pueden descansar en paz.*

Para mayor información puede visitar la página del Héroe de los Sueños www.dreamman.us

DEDICATORIA

A Dios con mucho cariño por permitirme desarrollar este hermoso proyecto y por todas sus bendiciones. Una vez más a mi esposa por su paciencia, dedicación a la familia, pero sobre todo…, por ser una hermosa persona y gran mujer. A mis hijos que van derechos hacia la adultez. A mis padres por su lindo apoyo cotidiano y para todos ustedes que han aceptado a Dreamman en sus corazones.

"Tenemos mucho tiempo por delante para crear los sueños que aún ni siquiera imaginamos soñar".

Steven Allan Spielberg.

AGRADECIMIENTOS

Quisiera agradecer a todos los profesionales que trabajan brindando su esfuerzo y un rostro amigo a los pequeños que libran su gran batalla contra el cáncer. El proyecto Dreamman ha nacido para ustedes, para concientizar a las personas que debemos aportar un granito de arena entre todos y de esa manera construir juntos un gran castillo de esperanza.

Una vez más a mi padre por la ayuda con la difícil tarea de la edición y a todos aquellos que de una forma u otra contribuyeron a la creación de la novela.

Para todos ustedes… mis bendiciones, mi gratitud y mi modesto esfuerzo.

PERSONAJES

Danny López: Dreamman. (El Héroe de los Sueños)

Sofía: Madre de Danny.

Pedro Pablo: Mejor amigo de Danny.

Dra. Kelly Méndez: Novia de Danny.

Teniente Jones: Oficial de las Fuerzas Especiales NAVY SEAL.

Edric McGwire: Presidente de los Estados Unidos de América.

Serguei Volkov: Líder de la Mafia Rusa.

General Naru Tilaq (MAUAJI): Comandante de la Guerrilla Mercenaria Angolana.

Hipnos: Dios de los sueños.

Gorílagos: Bestias imaginarias de los sueños.

Maquinauros: Bestias imaginarias de los sueños.

Krakelé: Bestia imaginaria de los sueños.

Todos los personajes son ficticios
Cualquier semejanza con la realidad es pura coincidencia.

EL ENCUENTRO

Capítulo 1

$\mathcal{D}$urante el transcurso del otoño, la ciudad de Washington en el distrito federal de Columbia (Estados Unidos de América), incorpora coloridos matices que van desde el verde claro hasta el rojo intenso. Despliega una gama maravillosa de tonalidades que la naturaleza misma escoge a su antojo para desencadenar mágicas sensaciones que no podemos ocultar. Para algunos es un momento de melancolía, las frías temperaturas con sus días grises y poco soleados pueden causar este sentimiento; adicionando un toque amargo, les obliga a permanecer en casa llegando a deprimirles. Para otros el ambiente es favorecedor, aviva las llamas que hacen unir a los que buscan el calor de sus semejantes. ¡Somos criaturas tan complejas y misteriosas que no sabemos de dónde venimos, ni hacia dónde vamos! Somos espíritus prisioneros tras barrotes de calcio que Dios vendrá a liberar algún día. Mientras tanto… vagamos por la vida haciendo lo que creemos o nos hacen creer, dejando nuestras huellas por doquier.

Cae la noche en tan importante ciudad, la cual atesora entre las paredes de los innumerables museos y casas antiguas un gran patrimonio histórico. Un inconfundible ejemplo lo constituye sin dudas la Casa Blanca, residencia de los Presidentes de los Estados Unidos. En ella se destaca su estilo renacentista ideado por el presidente George Washington y diseñada por el arquitecto irlandés James Hoban en 1790. El presidente Washington y el diseñador de la ciudad Pierre Charles L'Enfant escogieron el sitio donde se encuentra ubicada en la actualidad; siendo inaugurada en el año 1800 por John Adams, nombrada como *"La Casa Blanca"* por el vigésimo sexto presidente Theodore Roosevelt.

Ya en el siglo XX se le incorporaron nuevas edificaciones a los lados de la mansión, en el ala oeste se encuentra el edificio de tres pisos sobre la superficie y varios niveles subterráneos llevando por techo los bellos e impecables jardines que adornan el entorno. Allí se encuentra la oficina oval o despacho del presidente. Como su nombre lo indica posee forma ovalada con un buró de madera preciosa, ubicado en una de los vértices del óvalo y desplazado hacia los esbeltos y angostos ventanales que dejan penetrar la claridad durante el día a espaldas de la silla presidencial. Ésta posee puertas laterales de igual forma que las ventanas, brindando fácil acceso en varias direcciones. El fabuloso piso de madera posee la misma forma geométrica con diferentes tonalidades de color café en la periferia, destacándose hacia el interior otra porción del piso con una alfombra en forma radiada. Los tonos amarillos convergen hacia el centro donde se encuentra el sello del águila imperial donde las estrellas parecen iluminar el fondo de color azul oscuro. Todo está minuciosamente pulido y brillante.

Justo sobre la alfombra reposan dos sofás de color beige, ambos de tres plazas uno frente al otro, dos butacones de rallas azules y blancas, cuatro sillas de madera y dos mesitas con lámparas encendidas sobre ellas. Todos alrededor de una mesa de centro de madera y como si fuese poco, ovalada también.

La noche avanza, se escucha el sonido de unos pasos por el pasillo presidencial. La figura de la persona más importante del país arriba con rápidos movimientos, está acompañado de una dama muy bien vestida y arreglada con chaqueta corporativa azul oscuro, lleva unas carpetas entre sus pálidas manos que protege fuertemente contra su pecho. Una vez que ambos hacen entrada en la oficina, ella cierra la puerta en cuanto el mandatario pasa por su lado, él le agradece con una simple mirada y un apretón de labios al bajar la cabeza.

Dirigiéndose hacia su buró, el presidente desabrocha los botones de su saco sentándose de inmediato, su asistente coloca las carpetas frente a él sin tiempo que perder. Todo parece indicar que hay asuntos muy importantes que no deben ser desatendidos aún avanzada la noche.

Presidente: *"Puede retirarse Eunice"*.

Eunice: *"¿Se le ofrece otra cosa señor presidente?"*.

Presidente: *"No, muchas gracias. ¡Hasta mañana! "*.

Eunice se despide dejando a solas al presidente que se acomoda en el butacón suspirando profundamente. Cruzando las piernas no deja de pensar en los muchos problemas que la nación enfrenta y en la presión que ejercen los partidos demócratas y republicanos al no ponerse de acuerdo en las decisiones, pero… hay algo que llama su atención por encima de todo haciendo que se recueste en el espaldar del mueble, clava profundamente la mirada hacia el techo quedando muy pensativo y haciendo algunas muecas con los labios.

Presidente: *"¡De veras que no sé qué hacer si llegan a tomar la base secreta! Si las noticias que me han llegado son ciertas, no va a ser fácil defendernos"*.

Continúa pensando mientras cierra los parpados, descansa los ojos por la irritación luego de un arduo día de trabajo.

Por otra parte en un avión militar en vuelo…

El oficial de las Tropas Especiales NAVY SEAL, el teniente Jones les habla a los seis hombres bajo su mando que se encuentran sentados a ambos lados del pasillo del avión. Todos con sus uniformes de asalto de color negro y bien equipados con sus chalecos antibalas, paracaídas, guantes, rodilleras, cascos, botas y gafas; eso sin mencionar que se encuentran fuertemente armados. Todos observan atentamente el lento caminar del oficial al pasearse.

Tte. Jones: *"Hoy emprenderemos una misión muy importante, se nos ha encomendado defender a toda costa una base secreta ubicada en el Congo, muy cerca de la frontera con Angola. ¡Seremos solamente siete hombres! Sé que somos pocos, pero desgraciadamente hay que mantener bajo perfil. Según nuestro servicio de inteligencia... Los rebeldes, guiados por mafiosos rusos, pretenden descubrir la base, apoderarse de un material secreto altamente peligroso... ¡y no lo permitiremos!"*, realiza una breve pausa para luego continuar diciendo: *"Revisen todo su equipo y cuídense mutuamente para evitar bajas. Contamos con el apoyo de nuestro gobierno y el del gobierno del Congo... pero al estar tan cerca de la frontera, las penetraciones enemigas se han detectado frecuentemente poniendo en peligro la base".*

Haciendo otro paréntesis le acoteja el casco a uno de los soldados al inicio de la fila, ahora comienza a inspeccionarlos uno por uno mientras les golpea el chaleco antibalas para darles ánimo, continuando: *"¡Estamos por llegar al punto de lanzamiento, me siento un hombre muy afortunado al poseer bajo mi mando a los mejores hombres entrenados del planeta; hombres que dejan sus casas, sus hijos y esposas para cumplir con el llamado de nuestra nación!".* Alza la voz mientras finaliza la frase, provocando la reacción de la tropa que asiente con la cabeza.

Tte. Jones: *"¡POR ESO NOS LLAMAN...!".*

Toda la tropa grita unida: *"¡NAVY SEAL!".*

Tte. Jones: *"¡NACIMOS PARA SER...!".*

Toda la Tropa: *"¡NAVY SEAL!".*

Un golpe seco del Teniente con la mano abierta al botón que parpadea, indica que ya es la hora del salto. La compuerta trasera del avión comienza a abrirse, los soldados se sujetan de un cable que corre por el techo en el centro del pasillo de la aeronave formándose en fila. El Teniente se coloca a la salida de la puerta parándose firmemente frente a ellos.

Tte. Jones:" *¿QUIENES SOMOS...?".*

1er Soldado en la fila: *"¡NAVY SEAL!".* Grita a todo pulmón lanzándose al oscuro vacío. Sucesivamente, el teniente repite la frase con cada uno de los que se encuentran en la línea de salto.

El Teniente Jones siendo el último por lanzarse corre en dirección a la nariz del avión para luego dar una media vuelta emprendiendo una rápida carrera tomando impulso hacia la puerta de salida. Al llegar al borde, justo donde el piso termina, se impulsa dando un salto hacia arriba y girando hacia atrás para caer con mucho estilo gritando todo lo que puede: *"¡SOY UN NAVY SEAL...!".* Su voz e imagen se pierden rápidamente en la oscuridad e inmediatamente el avión cierra la compuerta para luego hacer un giro y alejarse del lugar.

En un Hotel de la ciudad de Washington DC...

La puerta de la habitación se abre permitiendo la entrada en ella de una hermosa pareja que ya conocemos. Danny agarrando a su novia de la cintura la impulsa habitación adentro. Ella

7

va riendo a medidas que se va quitando el abrigo dejándolo caer sobre la silla una vez dentro. La pareja de médicos han dejado a un lado sus profesiones para darse un merecido descanso.

Kelly: *"¿Te vienes a bañar conmigo?"*.

Danny: *"¡Sí!, a ver si me quito este frio que llevo por dentro"*.

Kelly: *"Yo puedo encargarme de ese pequeño detalle fácilmente"*.

Danny: *"Eso no lo dudo ni un instante, con sólo mirarte ya me hierve la sangre"*. Sus ojos recorren el fabuloso cuerpo de la hermosa mujer de torneada figura, que ya se ha despojado de casi todo lo que lleva encima en un abrir y cerrar de ojos quedándose tan sólo en ropa interior. Ella se le acerca sosteniendo uno de los brazos halándole hacia el baño, mientras que con la otra mano le desabrocha la camisa envolviéndose ambos en un ardiente beso. La ropa va quedando en el suelo dejando un rastro inequívoco de la campaña que se avecina.

Luego de un largo tiempo duchándose, Kelly abre la puerta de empañados cristales dejando salir la neblina que se alberga en tan pequeño espacio, aún con las gotas de agua recorriéndole las curvas. Luego alcanzando una de las blancas toallas comienza a secarse, él permanece bajo el agua recuperando el aliento perdido. El día ha sido agotador de tanto caminar, la fatiga muscular se aloja en sus cuerpos. Los interesantes y famosos museos de la región han sido la causa de gran parte del cansancio que muestran con los pesados movimientos corporales.

El agua brota con fuerza masajeando el rostro de Danny, la caliente temperatura lo relaja haciéndole reposicionar los brazos; apoyando las manos contra la pared de la bañera. A su mente vienen pensamientos de alegría respecto a todos esos niños que ha ayudado a superar las pesadillas durante su práctica como pediatra; llenándole de regocijo. Recuerda también con dulzura a aquel niño vecino de su amada que formó parte de la creación de su inseparable Dreamman, el héroe enmascarado que le ayudare a reconocer la importancia de mantener el anonimato para proteger a sus seres queridos; así como el comienzo de una nueva vida en beneficio de los demás.

Danny ha tratado de olvidar parte del desagradable pasado que experimentó junto a Kelly, no sólo por el problema visual que presenta que le ha obligado a llevar gruesos lentes; también por los hechos terribles ocurridos en aquella sala de psiquiatría, esos también marcaron una parte importante de sus no deseados recuerdos.

Al cerrar la llave del agua y abrir la puerta de cristales nota que Kelly ya no se encuentra allí, le parece que ha pasado mucho tiempo bajo el agua envuelto en sus pensamientos. Toma una toalla, sale del baño secándose mientras la busca con la mirada advirtiendo que se ha quedado dormida en la cama; extenuada por el cansancio. La observa tiernamente dejando escapar una sonrisa a la vez que se acerca con suaves pasos, se arrodilla y le da un beso en la frente diciéndole: *"Hasta mañana mi amor"*.

Al no estar profundamente dormida, ella le contesta: *"Hasta mañana"*, la frase se va apagando a medida que la pronuncia. Danny la arropa con la manta acostándose detrás de ella sin taparse; dejando descubierta su atlética anatomía.

El baño lo ha espabilado ahuyentando el sueño, aunque se encuentra cansado cree que es buena oportunidad para salir a dar un paseo por la Madeja. Cerrando los ojos penetra en el conducto con destellos grises-azulados que le conduciría al Centro del Sueño, escapándose de él antes de llegar a su sitio de descanso queda conectado a su ampolla sin llegar a establecer la conexión con la Madeja en el espacio inter tubular.

Desde allí puede contemplar la lumínica imagen de Kelly reposando plácidamente junto a la suya. Sin más, sale de la concentración de conductos a su alrededor que se encuentran conectados a la Madeja, todo parece indicar que la mayoría de los huéspedes ya están dormidos. Se desplaza en dirección norte durante algún tiempo. Al llegar a una explanada le llama la atención una edificación con pasadizos que se conectan por debajo del nivel del suelo, en ella hay un conducto rojizo emitiendo el sonido grave característico como de la cuerda de un Bajo (*instrumento musical*) que se repite constantemente sin cesar simulando pulsaciones. Al acercarse, va preguntándose por qué este edificio se encuentra al revés a la vez que va detallando las estructuras del mismo, donde la mayoría de sus pisos se localizan bajo tierra.

De igual forma recorre el lugar aproximándose lentamente a la ampolla iluminada de rojo intenso. Al llegar hasta ella, menuda sorpresa se lleva descubriendo que la presencia en su interior no es más que la imagen de la principal figura política del país; el presidente Edric McGwire. Allí esta, tranquilo e inmóvil conectado a la Madeja por ese conducto de rojos matices. Conoce de antemano que no significa otra cosa que está siendo asediado por algo que lo perturba grandemente y no le deja descansar. ¿Pero qué otra cosa se pudiese esperar de una persona con tales responsabilidades? ¡Llevar en la espalda el peso de un país entero no debe ser cosa de juegos, es definitivamente para preocuparse!

Cauteloso se adentra en la ampolla viajando a través del pasadizo que conduce a lo que está aconteciendo en el sueño del presidente. Mientras viaja se transforma cubriendo su piel con el material engomado de camuflaje al cual estamos acostumbrados con sus colores verde y marrón. La letra *"D"* sobre su pectoral izquierdo se va alargando para continuar la vuelta alrededor del cuello y terminar libremente en la espalda, es la insignia que identifica a nuestro héroe y un arma mortal que le ha sacado de muchos aprietos. Antes de arribar cierra el cristal que cubre su rostro, no sabe con que se pudiese encontrar una vez dentro; mientras se van reflejando los destellos de las luces sobre él a medida que avanza.

Dreamman para su sorpresa hace su aparición dentro de la oficina oval, justo sobre el sello del águila real en el centro de la oficina. Quedando de pie sobre ella advierte que la habitación se encuentra vacía, iluminada por las lámparas de las mesitas a ambos lados. Sin moverse va girando su cabeza admirándola, nunca hubiese creído que se encontraría allí ni en sueños; es una oportunidad única. Al voltearse observa el buró muy organizado y limpio de color café oscuro. La curiosidad le ha invadido haciendo que de unos pasos hasta colocarse por detrás de éste halando la butaca para luego sentarse en ella. Colocando sus manos sobre la superficie del mueble las desliza suavemente como acariciándolo, cuando…

Del otro lado de la habitación se escuchan voces que le hacen alzar la cabeza rápidamente dándole tiempo a penas para ocultarse debajo del escritorio. El presidente entra en la habitación acompañado de un general de las fuerzas armadas que lleva su gorra bajo el brazo izquierdo. Múltiples medallas y condecoraciones sobre el uniforme acompañan al experimentado general.

Presidente: *"¡Pase general y siéntese donde más le guste!"*.

General: *"¡Gracias señor presidente!"*.

El general se sienta en el sofá de la derecha colocando la gorra a su lado, el presidente escoge el sofá que se encuentra al frente desabrochando los botones de su saco negro donde se destaca una minúscula bandera americana en la solapa. Al sentarse cruza una pierna por encima de la otra como es habitual en él pero puede notarse su preocupación, ha vuelto a descruzar las piernas inclinándose hacia un lado y luego se pone de pie como si la vestidura del mueble tuviese espinas. El oficial intenta ponerse de pie en señal de cortesía pero el presidente le detiene extendiendo su brazo haciendo pequeños movimientos con su mano.

Presidente: *"¡Quédese sentado general!, soy yo que no puedo estar tranquilo sabiendo la información que me acaba de dar"*. Hace una pausa, retira su corbata a rayas doblándola cuidadosamente e introduciéndola en el bolsillo derecho de su saco, continuando: *"Explíqueme nuevamente la información que tenemos, a ver si comprendo mejor"*.

General: *"Señor presidente, como ya le había comentado hace un momento"*, por un instante detiene las palabras inclinándose hacia delante sosteniendo uno de los vasos de cristal de la mesa del centro los cuales se encuentran boca abajo, lo voltea y con la otra mano se sirve medio vaso de agua bebiéndola rápidamente; continuando una vez que termina: *"Perdone, es que veníamos muy de prisa. Como le mencioné hace un instante señor presidente"*. La frase es interrumpida…

Presidente: *"¡Por favor general, ahórrese las formalidades y cuénteme que tenemos!"*. Se queda inmóvil frente a él introduciendo las manos en los bolsillos.

General: *"Como le decía, el producto AP-23, aislado en nuestra base secreta del Congo está en peligro de caer en manos de los mercenarios pagados por el líder de la Mafia Rusa llamado Serguei Volkov, bien conocido por sus acciones en el contrabando de armamentos, narcotráfico, tráfico humano y…"*.

Presidente: *"Y de cualquier cosa que se venda bien en el mercado negro"*.

General: *"Así es presidente, ha sido muy difícil su captura porque se mueve en una red muy bien organizada, cambia de identidad continuamente pero le seguimos cada pista de cerca"*.

Presidente: *"¿Cómo vamos a resolver que el AP-23 no caiga en manos de estos sujetos? Usted mejor que nadie sabe la importancia de este producto, si llega a caer en las manos equivocadas... ¡La vida de cada ciudadano de este país, o mejor dicho... de este planeta estará en peligro!!!!".* Evidentemente preocupado, enfatiza el final de su frase aumentando el tono de su voz.

General: *"Lo comprendo muy bien señor presidente, ya enviamos una escuadra de nuestros mejores hombres, como usted lo indicó. Deben estar desembarcando de un momento a otro, la misión es proteger la base hasta que lleguen los refuerzos o el AP-23 sea trasladado a un lugar seguro o destruirlo si no queda otra alternativa".*

Presidente: *"Manténgame informado general, quiero saber todos los detalles de la misión, ahora puede retirarse. ¡Quiero un informe detallado sobre mi escritorio en la mañana!".*

General: *"¡Así será señor presidente, con su permiso!".* El general que antes de terminar sus palabras se pone de pie como un resorte y más firme que una estaca se dirige hacia la puerta, dejando al presidente a solas en la oficina; aunque pudiéramos decir que no tan solo.

El presidente se sienta en el sofá apoyando los codos sobre las rodillas para que le sirvan de sostén a su cabeza dejando caer el rostro sobre las manos. Dreamman que ha escuchado cada palabra, al percibir la calma comienza a salir de debajo del escritorio con mucho cuidado tratando de no hacer ruido. Al salir, asoma la cabeza observando que el presidente se encuentra inmerso entre problemas.

Dreamman se levanta del suelo ascendiendo hasta el techo de la habitación. Colocándose encima de donde se encuentra el presidente como si estuviese acostado observando hacia abajo presta mucha atención a cada movimiento de éste. Una inesperada reacción lo ha puesto en alerta, el presidente tomando aire se reclina hacia el espaldar abriendo los brazos, recuesta luego la cabeza hacia atrás con los ojos cerrados dejando salir el aire lentamente. Haciendo un intento para tratar de relajarse… de repente abre los párpados. En el reflejo de sus ojos se puede identificar la figura de Dreamman en el techo; el cual al advertir que el mandatario le ha descubierto… se le lanza encima a horcajadas cubriéndole la boca con sus manos para que no pueda gritar.

Dreamman: *"SSSsss..., no hay que alarmarse señor presidente, no he venido a hacerle daño".*

Presidente: *"MMMmmm... ",* hace gestos sin poder hablar abriendo los ojos muy asustado.

Dreamman: *"¡Tranquilo señor presidente!, lo voy a soltar pero no grite que sólo quiero ayudarlo. ¿De acuerdo?".* El presidente con la respiración acelerada y los ojos bien abiertos mueve la cabeza hacia arriba y hacia abajo lentamente.

Le descubre la boca sin prisa mientras se va retirando poco a poco, garantizando que no vaya a llamar por ayuda. Luego, poniéndose de pie le extiende la mano para que se incorpore. Sosteniéndose con fuerza deja entrever un ligero temblor de la mano pero; ¿quien le puede culpar después de tal susto?, se pone de pie muy cerca del intruso y éste sin soltarle la mano se presenta.

Dreamman: *"Soy Dreamman, señor".*

Presidente: *"¿Dreamman?"*.

Dreamman: *"Perdone que entre en su oficina sin anunciarme primero, pero no aguanté la curiosidad de ver el lugar donde se toman las decisiones más importantes de la nación"*.

Presidente: *"Pero... ¿Por que llevas mascara como un vulgar ladrón si pretendes no serlo?"*. Le pregunta con los brazos paralizados a ambos lados del cuerpo con incertidumbre; percibiéndose ahora algunas gotas de sudor sobre su frente.

Dreamman: *"Ayudo a las personas anónimamente con sus problemas a través de sus sueños, vi que los suyos estaban perturbados y decidí echar un vistazo"*, comienza a caminar por la habitación observando cada detalle a su alrededor sin perder de vista al mandatario.

Presidente: *"Debo estar soñando, esto no debe ser real"*. Se lleva las manos a la cara nuevamente y al abrir los ojos todavía percibe que allí se encuentra. Dreamman se inclina sirviendo un vaso con agua que ofrece al presidente, éste lo acepta bebiendo el agua a grandes sorbos. Mientras bebe, Dreamman le comienza a hablar con mucha tranquilidad.

Dreamman: *"Señor presidente, no he podido evitar escuchar su conversación con el general y me pregunto si pudiese ayudarle en algo"*. El presidente con el vaso aún entre las manos traga la última porción contenida en la boca, exhala el aire retenido mientras observa su imagen reflejándose en el cristal de la máscara del intruso. Luego da unos pasos hacia su buró donde se sienta en el butacón todavía dudando lo sucedido, pero se siente más calmado al no percibir un peligro inminente.

Presidente: *"Aún no lo sé, no te conozco como para confiar en ti y menos cuando llevas una máscara"*.

Dreamman: *"Lo comprendo perfectamente señor. De todas formas si cambia de opinión puede localizarme fácilmente, sólo tiene que twitear (escribir en la aplicación Twitter) la palabra "Soñador No. 1" en mi cuenta @Dreamman911 y así sabré que es usted. Acudiré de inmediato pero debe hacerlo siempre que esté aquí en la Casa Blanca; de otra manera no sabría donde localizarlo"*.

Presidente: *"Muy bien, si lo necesito le llamaré"*.

Dreamman: *"Perdone la intromisión en su oficina, espero que nos veamos pronto, adiós..."*. Antes que el presidente pudiese responder su despedida, Dreamman con un gran salto desaparece de la habitación.

Al amanecer el presidente se incorpora de la cama donde duerme, se sienta sobre el borde de la misma calzándose las pantuflas. Luego entrecruza los dedos de ambas manos quedando con la mirada fija en el resplandor que penetra por la ventana de la habitación. Dejando escapar una sonrisa mueve la cabeza hacia ambos lados, diciendo en voz muy baja: *"¿Dreamman?, ¿Por qué los sueños serán tan extraños?"*.

La primera dama al escuchar que habla en voz baja le pregunta: *"¿Que decías mi amor?"*.

Presidente: *"Eh..., nada, nada, sólo recordaba en alta voz, ¡Duérmete!"*, se voltea besando a su esposa mientras observa cómo le devuelve una sonrisa.

Los datos sobre la Casa Blanca se han recopilado de la enciclopedia libre Wikipedia y han sido ajustados para la confección del capítulo.

CASI

Capítulo 2

En la llanura congolesa, a sólo unos metros de la selva Mayombe muy próximo de la frontera con Angola, se escucha el soplido del viento batiendo en la noche; mece los pocos montículos de hierbas secas dejadas atrás por los rebaños de animales que frecuentan el lugar para pastar. La oscuridad es total, pueden verse las estrellas, luceros y hasta constelaciones. El sonido de los grillos en el perímetro se interrumpe por la rápida caída del cuerpo de uno de los soldados que comienza a recoger su paracaídas tan pronto como toca el suelo. El resto de los paracaidistas van cayendo a corta distancia; reuniéndose luego arrodillados en un círculo. El teniente Johns es el último en hacerlo, aterrizando en el centro del mismo.

Tte. Jones: *"Muy bien muchachos, nos encontramos a unas dos millas de la zona cero, desplácense en una sola fila permaneciendo muy atentos. Puede que en el área estén presente los mercenarios, los guerrilleros y no olviden los depredadores locales"*, continúa dándoles instrucciones a sus hombres en voz baja sosteniendo presionado el botón del cuello para garantizar que todos escuchen por sus auriculares: *"Mantengan los dispositivos de visión nocturna conectados"*, acto seguido, señala a tres de sus hombres indicándoles con mímica que irán en la avanzada como exploradores mientras el resto permanecerá detrás; siendo el último soldado escogido quien cuidará la retaguardia.

Haciendo un gesto con el antebrazo y el índice elevado en movimientos circulares comienza a caminar hacia la selva, el resto de la tropa le sigue según lo planeado. Uno detrás del otro van desapareciendo entre el espeso follaje sin hacer ruido.

Unas tres horas después de haber avanzando con mucha cautela y dificultad por la espesa selva, la escuadra élite llega a una pequeña explanada despoblada de árboles en forma de círculo, de unos cien metros de diámetro con un gigantesco árbol en su centro. Es muy frondoso, lleno de lianas que descienden hasta el suelo y se funden con las raíces que brotan de la tierra creando una especie de columnas a su alrededor. La zona despoblada de vegetación se encuentra cubierta con una maya de camuflaje que hace prácticamente imposible su visibilidad desde el aire.

Se observa vagamente la silueta de los hombres cuando cruzan hacia el árbol de uno en uno para refugiarse entre las lianas. Una vez reunidos el teniente Jones saca de una bolsa que porta en su cinturón un dispositivo electrónico que deposita en una hendidura del gigantesco árbol. Al activarlo, comienza a parpadear un led de color verde desencadenando al instante que comience a producirse sonidos y chasquidos de maquinarias proveniente desde el interior del tronco y las raíces del árbol; una hendidura del tronco se hace visible cada vez más.

En un instante el colosal árbol abierto en su centro, muestra una entrada subterránea que los hombres se disponen a seguir tan pronto como su líder se adentra en ella. Una ancha rampa de sólido concreto se hace visible al encenderse automáticamente las luces del lugar indicando el camino del túnel hacia la profundidad.

Tomando todas las precauciones la escuadra va recorriendo los amplios túneles asegurándose de no dejar rincón sin registrar. Todo está demasiado tranquilo para ser un laboratorio que opera sin cesar las veinticuatro horas.

Al abrir la puerta de un amplio salón de reuniones parcialmente iluminado, se pueden ver cuatro científicos de pie hacia el lado opuesto de la larga mesa. El teniente Jones hace una señal cerrando el puño haciendo detener a sus hombres. Tras un momento de reconocimiento visual a la sospechosa habitación, advierte que uno de los científicos mueve los ojos muy asustado hacia el lado derecho repetidamente tratando de llamar la atención sin decir palabra alguna.

El teniente Jones presiente que algo no anda bien, se pregunta por qué están de pie los científicos como si estuviesen petrificados. De repente por detrás de los inmóviles hombres se hacen presentes varios soldados con boinas y uniformes verde olivo apuntándoles con pistolas y fusiles de asalto a sus cabezas. Los hombres de la raza negra, llevan pintados el rostro con oblicuas franjas de color Café; pertenecen a la guerrilla rebelde comandados por un general que hace aparición entre ambos bandos.

El auto nombrado general Naru Tilaq lleva operando desde hace muchos años en el Congo, dirigiendo las fuerzas guerrilleras en la frontera con Angola. Ha castigado por décadas todas las aldeas que se encuentran en la zona teniendo éstas que rendirle pleitesía, donar gran parte de sus cosechas para su ejército a cambio de protección y el derecho a seguir viviendo. Toma todo lo que se le antoja a su paso, despoja a las madres de sus hijos con el fin de entrenarlos para que se conviertan en sus fieles aliados y soldados; traficante de armas, mujeres, diamantes y todo lo que le pueda servir para enriquecerse, no es extraño que se le vincule aliado a Serguei Volkov.

Es un enorme hombre de siete pies de alto, de piel tan oscura como la noche, su uniforme militar es de color negro al igual que sus botas. Lleva un pañuelo rojo enroscado a su grueso cuello, las mangas de su camisa están dobladas meticulosamente por encima de los codos dejando ver las elevaciones de algunos queloides en los antebrazos como vestigios de antiguos enfrentamientos. Tiene alrededor de cincuenta años, su cuerpo es macizo y muy musculoso. A pesar de su edad entrena diariamente para mantener su forma física. El cabello bien recortado deja ver los pliegues que se forman en la nuca. Una boina negra de medio lado con una estrella dorada en el centro sugiere que se identifica con algunos personajes de la historia. Las gruesas alas de la nariz, anchos pómulos y los protuberantes labios acentúan el macizo facial. Usa lentes Ray-Ban oscuros de estilo antiguo con armadura dorada muy delgada y popular en el país, las cuales no duda en quitarse en cuando se detiene. Girando hacia el teniente Jones, mueve lentamente hacia su espalda un pequeño bolso de cuero que lleva colgado, apartándolo de la mirada de los presentes. La pistola cuelga enfundada de su ancho cinturón que lleva muy apretado afinando la cintura, haciendo que la espalda y los pectorales luzcan descomunales. Se puede apreciar que posee una gran fortaleza física; podría acabar con dos hombres de un sólo manotazo.

El general Tilaq es mejor conocido entre sus hombres y los pobladores por "Mauaji", lo que significa *"asesino"* en la lengua Suajili utilizada en muchas de las regiones; no sólo en la republica del Congo, sino también en Tanzania, Kenia, Mozambique y otros países del África central. No creo que haga falta una explicación de por qué es llamado de esa manera, a él no le molesta que lo llamen así, por el contrario; se enorgullece al pensar que le temen, piensa que el miedo a la muerte es la mejor arma para cumplir sus propósitos de dominio en la región y no se ha equivocado en muchos años con respecto a ese tema.

Al descubrir sus ojos muestra la fría mirada de un depredador, la palabra miedo no forma parte de su diccionario; aún sabiéndose en la mira de una escuadra SEAL. Siete lucecitas rojas recorren su voluminoso cuerpo al ser encañonado, mientras la escuadra élite espera tan sólo un gesto del teniente para dejar escapar la jauría metálica contenida en los cargadores de sus armas. Mauaji se siente seguro mientras tenga en su poder a los científicos con vida.

Mauaji: *"¿Quién de ustedes es el jefe de la operación?"*, pregunta en idioma inglés con un acento difícil de entender. A su vez, señala a los soldados con la gran mano sosteniendo las gafas sin detenerse en ninguno. Su voz es grave, casi como un rugido.

Tte. Jones: *"¡Soy yo y le ordeno que deje a esos hombres en libertad inmediatamente!"*, dice con voz autoritaria haciendo que sus hombres se aferrasen a sus armas de fuego, realizan movimientos cortos y rápidos dispersando los puntos de las luces rojas hacia los cuerpos que se parapetan con los científicos.

Mauaji: *"Lamento mucho que haya venido hasta aquí en vano, no se hubiese tomado la molestia. Si quiere quedarse puede hacerlo, ya nosotros estamos de salida"*, calmadamente hace una señal a sus hombres mirando hacia atrás, quienes comienzan a caminar muy despacio llevando con ellos a los asustados hombres de batas blancas.

El teniente Jones no tiene otra opción que abrirles paso a los mercenarios para que continúen su camino a la salida, de otra manera correrían peligro los rehenes. Durante la trayectoria por los pasadizos se respira un ambiente tenso con cada paso que avanzan. Una vez que han llegado a la ancha puerta del tronco del árbol, Mauaji se detiene sosteniendo al más viejo de los científicos por la parte posterior de la bata haciéndolo quedar entre él y los soldados de la escuadra SEAL que se encuentran unos pasos más abajo; creando una forma de escudo humano. Sacando de su bolsa de cuero un frasco verde brillante, lo observa atentamente y lo vuelve a depositar en la bolsa para hacerle saber al teniente que lo que viene buscando está en su poder. Mira hacia los lados observando el panorama a la vez que con su mano libre saca los lentes del bolsillo y se los coloca al tembloroso hombre. Pronto comienzan a escucharse los chasquidos de las puertas al cerrarse; el árbol estrecha el margen entre las paredes del tronco cerrando de esa forma las puertas. Los soldados observan con impotencia como éstas se cierran cada vez más sin poder hacer nada. Las continuas miradas hacia el teniente por sus hombres continúan. Ellos siguen en espera de las dichosas órdenes que no acaban de salir de su boca.

Se comienza a escuchar la risa de voz grave de Mauaji aumentando la inquietud del científico por liberarse de la mano que le sostiene firmemente. Viendo las paredes del árbol acercarse y al percatarse de que éste no tiene intenciones de soltarlo, el científico mira al teniente gritándole con desespero: *"¡Hagan algo, no se queden ahí parados sin hacer nada...!"*, la risa de Mauaji continúa burlonamente con más intensidad.

Los tres científicos restantes observan con angustia el terrible panorama donde podría haber estado cualquiera de ellos. El teniente Jones hace finalmente un intento por querer abrir las puertas que ya estaban muy próximas a cerrarse. Mauaji no se mueve ni un ápice, el desesperado hombre grita aterradoramente interponiendo sus brazos para tratar de frenar la prensa que se le viene encima.

Tanto los soldados SEAL como los científicos cierran los ojos al dejar de escuchar los chillidos del científico siendo aplastado conjuntamente con el sonar de metales clausurando la entrada. No cabe duda de las difíciles decisiones que debe tomar un oficial para salvar la vida de sus hombres y el objetivo de una misión.

EL MENSAJE

Capítulo 3

Han transcurrido dos días y la pareja de enamorados ha regresado de sus vacaciones para continuar con su rutina de trabajo en la bella ciudad de Miami. Danny revisa frecuentemente la cuenta anónima de Twitter en su celular pero nada ha ocurrido aún, parece que el presidente ha tomado la aparición de Dreamman en sus sueños sólo como eso; un sueño y nada más. No es para menos, si fuésemos a tener en cuenta todo lo que se nos presenta cada noche en nuestros pensamientos... en verdad no puedo ni imaginar que pasaría.

Cerrando su celular entra en la oficina del pediátrico de Miami donde debe atender algunos niños. Ya en el saloncito de espera algunos padres con sus caras de preocupación y la angustia reflejada el rostro por ver a sus hijos enfermos, sostienen la mirada sobre la blanca bata y su rotulado "Dr. D. López". Danny hace una observación general a cada uno de ellos respondiéndoles con una sonrisa. Saluda a varios niños para darles ánimo y quitarles el miedo de la primera impresión a la vez que ajusta sus gruesos espejuelos.

Los pequeños pacientes van entrando en su consultorio uno tras otro, cada uno lleva una medicación especial para sus males de salud: dolores de garganta, de oído, fiebre, infecciones virales, en fin...; diversas causas que va resolviendo para devolverles la esperanza a los padres de volver a ver saludables a sus hijos en muy corto tiempo. El agradecimiento de los mismos como siempre no se hace esperar, pero la alegría de ver a sus pequeños con una sonrisa es lo mejor que pudiese recibir.

Danny no tiene horario para atender a sus pacientes, les dedica todo el tiempo que puede hasta examinar el último que se encuentre en su salón; a no ser que se presente una emergencia que le obligue a salir de la consulta. Si le queda algún niño pendiente les pide a sus acompañantes que dejen sus datos con la secretaria y lo visita en su casa una vez que se desocupa. Es muy considerado, el amor hacia ellos ha crecido mucho en estos años, le entristece ver como pequeños hombrecillos padecen diversos trastornos que no les dejan disfrutar de su infancia; por eso les dedica todas las horas de atención que sean necesarias. Mientras la mayoría de los pediatras se encuentran descansando, él todavía trabaja en su mundo virtual de los sueños. Visita a aquellos que sabe no tienen una cura con los medicamentos actuales brindándoles terapia psicológica y apoyo emocional sin costo alguno para sus familiares.

Por otra parte en La Casa Blanca...

El presidente en su despacho escribe unos documentos. Se encuentra muy preocupado por el curso que han tomado los acontecimientos en el Congo. Finalmente la escuadra del teniente Jones pudo salir de la base tras colocar explosivos en la entrada e informar lo acontecido. Las tropas de Mauaji se han escabullido con el botín dejando a los otros científicos masacrados a balazos al pie del árbol.

El grupo a cargo de apoyar la misión desde territorio americano lleva siguiendo la pista de los guerrilleros por unas cuantas horas, la selva es muy espesa y difícil de visualizar al grupo de hombres de Mauaji desde el satélite o desde los drones de reconocimiento; han tomado medidas para no ser detectados.

El presidente oprime uno de los botones del intercomunicador: *"¿General, alguna noticia?"*.

General: *"Todavía no tenemos nada señor, tan pronto como sepa algo le aviso, pierda cuidado"*.

Presidente: *"No descuide ese tema, tiene prioridad número uno, ¡Entendido!"*.

General: *"Lo sé presidente, despreocúpese"*.

El presidente suspira profundamente poniendo la mano izquierda sobre su frente muy preocupado. Este asunto se le está saliendo de las manos, no es lo mismo tratar un problema que se encuentra en territorio nacional donde tiene todas las fuerzas y recursos a su favor que uno a distancia donde no depende de él todo el esfuerzo. Su mirada comienza a moverse por toda la habitación, detalla cada objeto de su escritorio hasta detenerse fijamente sobre su celular; luego mueve la cabeza negativamente poniéndole freno a sus pensamientos.

En el consultorio de Danny…

Hace entrada en por la puerta un señor con una niña de alrededor de 10 años. Danny amablemente se pone de pie invitándoles a tomar asiento en dos sillas situadas frente a su escritorio. El padre se presenta estrechándole la mano al médico pero cuando éste le brinda la suya a la pequeña, sólo obtiene como resultado una mirada triste haciéndole recoger el brazo.

Danny: *"¿Cómo te llamas?"*, luego de preguntar obtiene un silencio como respuesta.

Padre: *"Se llama Antonia doctor, pero le decimos Toni"*, Danny la observa atentamente, no ha dicho ni una sola palabra. El padre se le aproxima y le pide que espere afuera para conversar unos minutos con el médico, ella le obedece saliendo de la habitación acompañada de la mano de la asistente del galeno.

Danny piensa: *"Se puede percibir una gran tristeza en su interior, la carga que lleva es muy pesada para sus frágiles hombros"*.

El padre baja la cabeza sentándose para comenzar a hablarle desesperadamente al pediatra: *"Doctor, mi madre falleció hace cuatro meses luego de una larga enfermedad que la fue consumiendo poco a poco. El cáncer se apoderó de ella y la fue devorando lentamente desde que le fue diagnosticado hace alrededor de un año y medio, transitando por todas sus etapas. Se puso muy delgada, perdió su blanca cabellera después de las radiaciones e imagínese... ¿Cómo usted le explica a una niña de 10 años todo lo ocurrido?"*. Danny escucha atentamente sin interrumpir mientras el padre continúa: *"Ellas eran muy apegadas y desde que mi madre falleció no ha vuelto a pronunciar palabra; ya no sé qué otra cosa hacer ni a dónde acudir"*.

Las lágrimas brotan de los ojos del angustiado padre, continuando: *"He recurrido a diferentes especialistas: en Psicología, Psiquiatría, terapeutas y nadie ha podido hacer que sus labios emitan sonido alguno. ¡Estoy desesperado doctor, ayúdeme!"*.

Danny: *"¡Oh!, lo lamento mucho. Lo que me está contando sin dudas en una gran pérdida para usted y sobre todo para la niña que no entiende el por qué de muchas cosas. Nosotros que somos adultos tampoco las entendemos. Sólo las aceptamos porque hay que hacerlo, es la ley de la vida"*. Hace una pequeña pausa y continúa: *"Vamos a hacer una cosa. Yo voy a poner todo mi empeño para ayudar a Toni a superar este momento tan triste de su vida, se lo prometo"*.

Padre: *"Gracias doctor, sus palabras me dan esperanza aunque sea por un instante"*. Se pone de pie llegando hasta la puerta haciendo pasar a la pequeña.

Danny: *"Necesito que nos deje solos por unos minutos, voy a inducirle el sueño para intentar ayudarla con una nueva terapia"*, el angustiado padre mira fijamente al galeno con los ojos llorosos, aprieta los labios asintiendo y desciende hasta la frente de la niña para darle un beso.

Padre: *"Estaré esperando afuera"*, padre e hija se miran mutuamente, él le hace un gesto bajando los ojos y la cabeza en forma de aprobación hacia ella; luego sale de la habitación cerrando la puerta.

Danny le muestra con la mano el diván donde debe recostarse, luego la levanta con suavidad sentándola sobre el mullido colchón. Alcanzando un cojín con figuras de animales que tiene en un closet del consultorio lo coloca en un extremo invitándola a recostarse. Un pequeño gatico de peluche de color naranja y rayas negras aparece entre las manos del pediatra. El gatito lleva un corazón entre sus patas expresando ternura en su mirada felina. Ella acepta gustosamente acurrucándole entre sus brazos disfrutando del fino pelaje sobre la mejilla.

Danny: *"Yo le llamo Valiente porque cuida de los niños y su corazón es tan grande que se le ha salido del pecho para ofrecerlo a quien necesite uno..."*, haciendo una pausa continúa tras una leve sonrisa: *"Quiero que cierres los ojitos y pienses en un lugar muy tranquilo donde te gustaría jugar, tal como un hermoso y soleado jardín lleno de mariposas de colores. El viento sopla tu carita acariciándola suavemente. Escucha bien mis palabras y trata de concentrarte en ese lugar"*. El galeno continúa repitiendo frases que invitan al relajamiento haciendo que cayese en el sueño en muy corto tiempo.

Aprovechando la situación, se sienta en uno de los butacones cerrando los ojos. Rápidamente se introduce por el pasadizo hacia la Madeja para salirse de él de inmediato. A su lado se encuentra la ampolla y el conducto enrojecido de Toni, el cual vibra y zumba fuertemente. Sin perder tiempo se introduce en la ampolla de su paciente desplazándose a gran velocidad por el conducto de la niña, cambiando su apariencia por la del héroe para no ser reconocido.

Al arribar al sueño, en el cristal de su máscara se refleja un espacio oscuro y vacio con una cama en su centro donde está ocurriendo una lucha. Numerosos brazos oscuros tratan de arrastrar la cama sosteniéndola del cabezal de la misma donde yace la abuela de Toni pidiendo ayuda a gritos. Ella es arrastrada hacia un torbellino tenebroso como si fuese un agujero negro. Toni no puede soñar con lindos paisajes y campos de mariposas, la imagen de la partida inesperada de su abuela la atormenta constantemente; creándole un traumatismo psicológico al que vuelve cada vez que cierra sus ojos. Toni deja caer el gatito de peluche y corre hacia la cama de su abuela agarrándola por el extremo opuesto para evitar que se la lleven hacia la oscuridad.

Su fuerza no es suficiente, la cama va cediendo hacia la penumbra a pesar de todo el esfuerzo que hace la niña. Dreamman al percatarse de lo que ocurre, acude inmediatamente advirtiendo que otros oscuros brazos atrapan a la pequeña por las piernas y brazos desde ambos lados de su cuerpo para que soltase la cama.

Rápidamente Dreamman vuela en dirección a ellos observando en su trayectoria al gato de peluche sobre el suelo. Se le ocurre una idea en ese instante dotando con vida a la inanimada figura, la cual se transforma en un gigantesco tigre con un collar de donde cuelga una medalla en forma de corazón. La medalla comienza a brillar llenando el lugar de una potente luz. El gran tigre acercándose, comienza a repartir zarpazos a los oscuros brazos que sujetan a la niña mientras el enmascarado hace contacto con su mano derecha sobre la parte recta de la letra "D" ubicada en su pectoral izquierdo, haciendo que ésta brille y se desenrosque de su cuello convirtiéndose en el látigo justiciero de lava hirviente.

Varios latigazos son necesarios para destruir las poderosas garras que sostienen el cabezal de la cama, mientras el tigre protege a la pequeña que se ha trepado rápidamente a la misma abrazándose con fuerza a su abuela.

El felino dando zarpazos, mordiendo y mostrando sus afilados colmillos ahora protege a ambas. Los rugidos se escuchan cada vez más fuerte con cada movimiento de su cabeza; con las orejas hacia atrás en señal de guerra demuestra estar dispuesto a todo. La medalla en forma de corazón que pende de su collar comienza a iluminar el lugar con más intensidad haciendo desaparecer por completo la oscuridad entre furiosos rugidos; tornando el lugar alrededor de la cama en el soleado campo de mariposas.

Toni no deja de abrazar a su abuela, la llena de besos y la aprieta con fuerzas.

Toni: *"¡Abuela..., ya estas a salvo, ya puedes regresar a casa!"*, le dice con una sonrisa y los ojos llorosos, con esa mezcla de alegría y llanto.

Abuela: *"¡Me alegra que hayas venido por mí, estoy muy orgullosa de tener una nieta como tú!"*.

El tigre se sube a la cama todavía en alerta, echándose hacia la parte de los pies con sus orejas elevadas escucha el más mínimo movimiento de peligro. Dreamman suelta el látigo permitiendo que comience a enroscarse por su brazo en ascenso para terminar en la posición original conformando la letra "D" sobre su pectoral izquierdo.

La abuela le agradece a ambos por la ayuda, Dreamman adopta una posición firme con el cuerpo erguido juntando las piernas. Luego saluda colocando su brazo derecho con el puño cerrado sobre el pectoral izquierdo; el codo del mismo brazo queda elevado a la altura del pecho.

Cerrando los ojos la abuela baja la cabeza dulcemente correspondiendo el saludo del Héroe de los Sueños para luego dirigirse a su nieta: *"No puedo regresar contigo cariño, aún eres muy joven para entender muchas cosas. Cuando crezcas sabrás que todos estamos en esta tierra por un propósito y no importa donde vaya; siempre estaré contigo"*, señalándole hacia el corazón, continúa: *"¡Tengo que irme...!"*.

Toni: *"¡Abuela, no..., llévame contigo!"*, se le aferra fuertemente a la cintura.

Abuela: *"Allá donde voy sólo pueden entrar los que ya han recorrido el camino, ya sea corto o largo. Tú tienes que recorrer el tuyo, pero no te será difícil, haz demostrado ser muy valiente; cuentas con muchas personas a tu alrededor que te quieren y que también les haces falta"*.

Toni: *"¡Pero tú me haces falta también!"*.

Abuela: *"Lo sé mi niña, vendré a ti cada vez que quieras en tus sueños a este mismo campo de mariposas, ¿De acuerdo?"*.

Toni: *"¿Me lo prometes?"*.

Abuela: *"¡Claro que te lo prometo mi muchachita linda!"*, le seca las lágrimas que han brotado de sus ojos, llenándola de besos.

Dreamman se acerca a la cama sosteniendo la mano de Toni para ayudarle a bajar. El tigre se tira de la cama sentándose luego junto a ellos. Todos observan como la abuela de Toni asciende hacia el azul infinito desvaneciéndose mientras se despide diciendo adiós y lanzándoles besos a todos. Toni suspira agarrada de la mano de Dreamman colocando la otra mano sobre la cabeza del tigre diciendo en voz baja: *"¡Adiós abuela!"*.

Súbitamente el entorno desaparece dejando a Danny en el espacio inter tubular. Advirtiendo que Toni se ha despertado, regresa hacia su ampolla rápidamente para hacer lo mismo. Al abrir los ojos percibe que la pequeña comienza a mover la cabeza hacia todos lados orientándose; Danny se le acerca sonriente.

22

Danny: *"¿Estás bien?"*, le pregunta ayudándole a incorporarse.

La acompaña hasta la silla invitándola a sentarse, luego abre la puerta del consultorio haciendo pasar al padre de Toni que ansioso espera caminando de un lado a otro del salón. Al entrar intenta sentarse junto a su hija, ésta lo mira sonriente poniéndose de pie abrazándolo muy fuerte, diciendo: *"¡Papá...!"*.

El acongojado padre no puede creer lo que sus oídos escuchan, rompiendo en llanto la abraza fuertemente. La alegría regresa a su cuerpo instantáneamente haciéndole voltear hacia el pediatra con los ojos llenos de lágrimas y un nudo en la garganta.

Danny: *"No es nada, estará más tranquila ahora. Ha tenido la oportunidad de resolver lo que no pudo desde hace meses"*, se refiere a que pudo despedirse de su querida abuela; nunca tuvo la oportunidad de hacerlo puesto que la familia no la llevaba al hospital para que no la viese en el estado que se encontraba. La parte espiritual de la abuela se reusaba a abandonar esta dimensión hasta que no cumpliese su deseo de despedirse de su nieta. Danny le explica sin muchos detalles lo ocurrido dejando que se lleve todo el crédito la terapia aplicada.

Toni mira una vez más al peluche devolviéndolo al pediatra, éste lo toma entre sus manos agachándose luego, diciéndole: *"Yo también creo que este tigre valiente puede ayudar a otros niños como tú. ¿Verdad?"*, ella se le echa encima abrazándole para luego decirle: *"¡Gracias doctor!"*.

El padre de Toni no se explica cómo en tan corto tiempo este joven médico le ha devuelto el habla a su hija, pero de igual manera le agradece.

El sonido del celular de Danny interrumpe tan bello momento. Se excusa con ambos acompañándoles hasta la puerta, le va brindando orientaciones al padre de cómo debe tratar de ahora en adelante a su hija con respecto al cambio que ha ocurrido en ella. Llamando a su asistente le pide que le conceda otra cita de seguimiento para dentro de dos semanas.

Ambos se despiden del galeno que acto seguido entra nuevamente en el consultorio cerrando la puerta, saca su celular y revisa cual de sus aplicaciones ha hecho el sonido que le ha distraído. Al revisar, advierte que en su cuenta de Twitter de "@Dreamman911" tiene un mensaje pendiente que enseguida se apresura a abrir, donde se puede leer... *"Soñador No.1"*.

El rostro de Danny se transforma, levanta la mirada pensando que tendría esa noche un interesante viaje que realizar.

PODEROSO

Capítulo 4

En la tupida selva congolesa hoy se escuchan sonidos que no pertenecen al habitad de la región. La voz humana jamás ha llegado a tan intrincada zona, hasta la luz solar le cuesta trabajo atravesar la tupida vegetación para poder llegar hasta el húmedo suelo; esto le sirve de un refugio perfecto a Mauaji y sus hombres, los cuales se desplazan lentamente debido a la difícil topografía y para no ser detectados por los aviones espías que sobrevuelan el área.

La grave voz del general se escucha en las inmediaciones al hablar por su teléfono satelital: *"¡De ninguna manera Volkov!, todo se hará según lo hemos planeado. Llegaremos hasta la caverna de la montaña en el tiempo establecido y allí se hará el canje; ya le tengo preparado el lugar de aterrizaje"*.

Volkov: *"Esta bien Mauaji, como usted quiera pero los aviones espías lo tienen casi localizado y no quisiera que ponga en peligro mi cargamento"*.

Mauaji: *"¡Su cargamento está más que seguro conmigo, no se preocupe!"*. Mientras le habla masajea con sus grandes dedos la bolsa de cuero que lleva consigo colgada de su hombro.

Volkov: *"Más le vale Mauaji o no tendrá nada si llega con las manos vacías"*. El mafioso camina de un lado a otro de la habitación dejando escuchar un sonido muy peculiar. El ruido de mecanismos hidráulicos y engranajes son inevitables cuando decide moverse. Su cuerpo a pesar de estar paralizado de la cintura hacia abajo, tiene movimiento gracias a un dispositivo de metal conectado con su sistema nervioso que le permite caminar. Se le llama exoesqueleto, es muy parecido al que llevan los militares para levantar enormes cargas pesadas o andar largas jornadas con un mínimo de gasto de energía; las cuales serían imposibles de realizar solamente con la musculatura humana.

Es un hombre alto de cuarenta y tantos años, los ojos azules hacen buena combinación con la blancura de su piel y el fino cabello de color y aspecto a un campo de trigo. Ha quedado paralítico tras una explosión ocurrida en la fábrica de armas que administraba, la cual afectó su columna vertebral al ser seccionada la medula espinal en su porción lumbar. Gracias a sus millones y a los adelantos de la ciencia ha logrado volver a caminar; comenzando de nuevo a hacer de las suyas.

En este instante se encuentra disfrutando un habano recién encendido el cual sostiene entre sus dedos. Un vaso de fino cristal con algunos cubos de hielo reposa sobre la mesita, llegando hasta allí le deja caer algunas onzas de un licor transparente de la botella que ha abierto tras quitarle el sello. El teléfono con el que mantiene la comunicación con el general Mauaji lo sostiene presionándolo entre el hombro y la oreja.

Mauaji: *"Usted solamente preocúpese de aparecer dentro de dos días en el lugar acordado con mis Euros y déjese de intimidaciones"*, el general detiene la marcha y con él toda la tropa que sigue sus pasos, continuando: *"¡No me amenace Volkov!, el hecho de que hayamos hecho negocios en el pasado y yo le compre sus armas, no quiere decir que usted es mi jefe. ¡Este es mi territorio, esta es mi selva y aquí mando yo; me entiende Serguei!".* Una pausa de ambas partes enfría el ambiente.

Volkov: *"Calmase Mauaji, sólo estoy preocupado por mi encargo, no quisiera perderlo por ningún motivo. Pero... está bien, estaré en el lugar indicado para hacer el negocio, como siempre".* Bebe de su vaso y succionando de su habano, exhala fuertemente una gran bocanada del humo contenido en sus pulmones, llenando el aire a su alrededor de una blanca cortina.

Mauaji: *"De acuerdo, nos vemos allí dentro de dos días".* Cuelga el teléfono satelital doblando su larga antena, luego deja la mano con el aparato hacia arriba para que el encargado del mismo lo retire depositándole en un estuche de su cinturón. Volteando la cabeza hacia atrás hace una señal inclinándola hacia delante para que la tropa le siga.

Después de cuatro horas de marcha, el oficial que viene de segundo al mando posiciona su mano sobre el hombro del general haciéndole detenerse, éste voltea la cabeza observando la mano que todavía yace sobre sí provocando la rápida reacción del oficial.

Oficial: *"Perdone señor"*, dice retirando súbitamente la mano del hombro de su líder señalándole hacia una pequeña explanada donde una manada de gorilas de montaña recalan para descansar y tomar el sol. Mauaji observa como el líder de la manada, un enorme gorila de seis pies y unos doscientos kilos se encuentra sentado sobre una gran roca velando por el bienestar de su familia mientras los pequeños juegan y las hembras amamantan a los recién llegados a la familia.

Mauaji hace una señal con su brazo señalando hacia delante para que continúen. Tendrán que atravesar por el dominio del vigilante, el cual al percatarse de la salida de varios hombres a la explanada se levanta como un resorte gritando fuertemente para dar la alarma.

Golpeando el forzudo pecho deja bien claro que esos son sus dominios. Los hombres de Mauaji continúan el curso con cautela pero al percatarse que está siendo ignorado...

De un potente salto se interpone entre los hombres y su manada que marcha en retirada. Las hembras colocan a toda prisa a sus crías sobre el vientre. Éstas se agarran del pelaje de sus madres que echan a correr escabulléndose entre las grandes hojas hacia la tupida selva. El macho se mantiene firme en su posición esperando que todos puedan escapar a tiempo provocando con su salto una detención temporal de la tropa. Los hombres de Mauaji continúan avanzando provocando que el majestuoso simio envistiese al general y sus hombres sin piedad. Agarra y golpea a varios de ellos, muerde a otro con sus poderosos colmillos fracturándole algunos huesos del brazo que ha interpuesto para defenderse del ataque. Mauaji guarda sus gafas de sol y se le enfrenta con otro potente grito; éste le lanza numerosos manotazos que su oponente esquiva con gran facilidad.

El general que es un gran luchador. Sin una pizca de miedo le responde con un contraataque de varios golpes de sus grandes puños como un experto boxeador; los cuales hacen mella sobre el hocico del intimidante animal haciéndole sangrar. De esa forma al verse herido, retrocede sin apartar la mirada de su contrincante hasta que desaparece en el espesor de la jungla.

Nadie sabe en realidad quien ha salido victorioso de la batalla, quizá el simio ha desistido ante la paliza que le propinaban, o tal vez simplemente ya se proclamaba victorioso sabiendo que su familia ha logrado escapar a salvo. Lo cierto es que cientos de gorilas mueren cada año en el Congo y África central por la despiadada caza de los hombres como los del general Mauaji. Pero esta vez ha sido diferente, tres hombres han quedado mutilados tras el ataque del gorila con brazos y piernas rotas.

El general suspira malhumorado advirtiendo que el tiempo se le agota teniendo una misión que cumplir. Sabe que los hombres lesionados sólo le traerán retraso en su afán de llegar a esa montaña lo antes posible. No lo piensa dos veces para desenfundar su pistola del ancho cinturón, luego se escucha el estruendo de la descarga del arma sobre cada uno de los hombres mutilados provocando el pánico entre el resto de sus soldados y oficiales que le siguen.

Mauaji: *"¡Si pretenden seguir conmigo y disfrutar de los beneficios que les brindo, defiendan sus vidas y no dejen que animales inferiores los acaben. Aquí en la selva la ley siempre ha sido matar o muere!"*, dando una media vuelta enfunda su pistola nuevamente. Acotejándose el uniforme, vuelve a colocarse las gafas de marca sobre la gruesa nariz. Sus hombres observan con la frialdad que ha matado a los indefensos soldados y aunque ya ellos están acostumbrados a su crueldad, siempre la idea que un día les pudiese tocar a ellos; les hiela la sangre.

A lo lejos se escuchan numerosos e intensos gritos de gorilas. El macho finalmente se ha reunido con su familia. La alegría y el orgullo se reflejan en cada uno de ellos por haber defendido a sus seres queridos. Pero deben estar muy alertas, la población de sus semejantes disminuye cada vez más debido al incremento de la destrucción de su hábitat y la despiadada cacería que sin piedad sufren. El propósito es muy egoísta de nuestra parte como humanos, que como seres supuestamente superiores los exhibimos en zoológicos, los disecamos para satisfacer nuestro ego o consumimos su exótica carne para vanagloriarnos de haber hecho algo extraordinariamente inusual. Hoy en día forman parte de una especie en extinción que jamás volveremos a ver sobre la tierra si no cuidamos de ella. Seamos conscientes y verdaderamente usemos nuestro cerebro para ser superiores. Que no tengamos la necesidad de decirlo únicamente para aparentar que lo somos, cuando muchísimas veces los hechos expresan todo lo contrario.

LA NOVEDAD

Capítulo 5

Al anochecer se encienden las luces exteriores de una de las casas del suroeste de la ciudad de Miami tan pronto es activado el sensor de movimiento. Se acerca una persona entre la penumbra pudiendo observarse su silueta mientras camina hacia la entrada. El rostro no se hace reconocible hasta que se encuentra suficientemente cerca de la claridad. Danny sacando las llaves del bolsillo introduce una de ellas en el cerrojo de la puerta. El sonido de las mismas recuerda los sonajeros movidos por el viento, con la diferencia que hoy reina la quietud en el vecindario; únicamente perturbada por algún que otro ladrido de los perros que molestan a los transeúntes.

Al entrar en la casa, un suculento olor a carne asada revuelve las enzimas digestivas produciéndole una intensa salivación. Como un can en busca de su hueso, olfatea el lugar despojándose del portafolio y una docena de rosas rojas sobre uno de los asientos de la sala. Dirigiéndose hacia la amplia cocina donde la bella Kelly se encuentra concentrada en la preparación del manjar, descubre que el cocido de las carnes emite un sonido peculiar impidiéndole percibir la llegada de Romeo; el cual se le acerca silenciosamente por detrás. Dándole un tremendo susto al agarrarle de la cintura, comienza luego a besarle el cuello emitiendo el sonido de un animal feroz.

Kelly: *"¡Ay...!"*, grita espantada hasta darse cuenta quien le asecha, continuando: *"¡Que susto me has dado, bobo!"*, se lleva las manos al pecho tratando de sostener el alma cuando ésta intenta escapársele del cuerpo. Danny ríe picarescamente al ver que la ha asustado pero no se despega de ella protegiéndola.

Danny: *"Es que hueles tan delicioso que quería comerte de un sólo bocado"*, continúa riendo.

Kelly: *"¡Me vas a matar del susto un día de estos!"*, se voltea respondiendo con un acalorado beso sobre los carnosos labios una vez que se encuentra más calmada.

Descuidando la carne que se encuentra ya lista, comienza a producir un aumento gradual del humo activando la alarma de fuego ubicada en el techo de la cocina. Ambos se separan instantáneamente corriendo a hacer una acción distinta. Ella apaga la cocina retirando del fuego la sartén y se dirige a la puerta cercana, abriéndola para que saliese el humo.

Danny sosteniendo uno de los trapitos con dibujos de chef que yacen sobre la manigueta del horno, comienza a sacudirlo muy cerca del chillón dispositivo para tratar de apaciguar al intruso mientras le dice: *"¡Ya..., ya es suficiente, déjate de tanto alboroto, sabemos que estás haciendo tu trabajo!"*. Ahora le echa fresco sosteniendo el trapito como una toalla, tal como lo haría un entrenador de boxeo a su púgil hasta que al fin queda tranquilo y silencioso.

Luego se voltea refiriéndose a su amada: *"¿No crees que deberíamos pedir pizza?,* le pregunta mortificándola mientras le seca unas gotas de sudor sobre el rostro.

Kelly: *"No sé tú, pero yo si tengo hambre suficiente y todavía huele muy bien".* Danny vuelve a observar con detenimiento la sartén.

Danny: *"Si, todavía se ve bien",* luego camina lentamente hacia ella mirándola acosadoramente y llegando hasta su oído le dice en voz baja: *"Bueno..., al menos sé que el postre está garantizado",* ella retuerce los ojos y lo empuja dulcemente abriéndose paso.

Kelly: *"¡Sangrón...! Mejor alcanza una de las botellas de vino y ve arreglando la mesa que esto ya está listo".*

Danny suspira profundamente. Puede que su estomago se encuentre vacío pero su recipiente de amor está colmado de atenciones, caricias y encantos que derrama por doquier como una fuente en días de lluvia. Nunca ha sido tan feliz como ahora, a pesar de que su visión se ha estancado en un sesenta por ciento; con el cursar del tiempo ha dejado de pensar en ello. Ha encontrado la manera de continuar su vida en armonía y paz consigo mismo sabiéndose amado y sobre todo, por haber hallado un sendero donde la visión no constituye un impedimento. El poder asistir a las personas necesitadas a través de su enmascarado Héroe de los Sueños lo llena de alegría y orgullo; haciéndole olvidar su padecimiento.

La cena transcurre como de costumbre muy románticamente bajo la tenue luz de las velas a la orilla del canal del traspatio, allí tienen la mesita que utilizan siempre que el clima se los permite. Danny la ha adornado en el centro con las rosas que ha traído. Los cubiertos y el exquisito vino tinto español forman parte de la decoración que mantiene viva la llama del amor que juran defender con cada detalle de su relación. Ella bebe agua solamente para acompañarle, no ha probado el vino a pesar de la insistencia de su amado.

Pasada la medianoche, Danny abre los ojos luego de haber descansado un par de horas. Puede advertir que ha mitigado un poco el cansancio del día. Recorre con los ojos la habitación observando cómo su amada duerme plácidamente a su lado. Se sienta en el borde de la cama organizando los pensamientos sin poder alejar de su mente aquel mensaje que le han enviado a través de Twitter. Realmente nunca imaginó que el presidente le tomara en serio sus palabras.

En ese instante se asoma en la ventana de las interrogantes una pregunta que no sabe cómo resolverá, debiendo encontrar una respuesta de inmediato. De no encontrarla faltaría a su palabra de acudir a la Casa Blanca esa misma noche, tal y como se lo prometió al presidente. Es un acertijo a resolver trasladarse en corto tiempo a tantas millas de distancia.

Se pone de pie caminando descalzo por el frio piso de un lado al otro de la habitación pensando en cómo descifrar el enigma; el atlético cuerpo se pasea cubierto únicamente de un calzoncillo bóxer. Se detiene un instante volteando la cabeza para cerciorarse que Kelly continúa dormida, luego se cubre con una bata de noche que suele dejar a los pies de la cama atándola posteriormente a la cintura; dirigiéndose acto seguido hacia la oficina encendiendo el ordenador.

Se le ha ocurrido una idea que quizá pueda ayudar con la transportación hacia la ciudad de Washington.

Una vez encendido, ajusta sus gruesos lentes hacia atrás para luego abrir la aplicación de *"Google Earth"* donde se pueden ver las imágenes de cada rincón del planeta visto desde un satélite, permitiéndonos viajar a cualquier región del mundo con tan sólo presionar unos cuantos clics del ratón del ordenador.

Realizando un clic sobre la caja o buscador, posiciona el cursor dentro de la misma, tecleando: *"La Casa Blanca, Washington DC."*. Al oprimir la tecla *"Enter"*, el ordenador inmediatamente aumenta las imágenes haciendo un acercamiento hasta ubicarse justo encima del lugar que se le ha indicado. Danny escogiendo una esquina en el mapa, localizada muy cerca de la mansión presidencial memoriza cada detalle del lugar y sus alrededores. Recorre minuciosamente con sus ojos cada centímetro intentando retener la mayor cantidad de información posible; luego se recuesta a la silla para poner a prueba la idea que ha pensado. Se acomoda respirando profundamente introduciéndose por el túnel que lo conduce a ese espacio en blanco ubicado en la Madeja o Centro de los Sueños donde cada noche escoge y rellena el lugar de un paraíso imaginario para descansar; justo al final del pasadizo.

Esta vez hace aparecer los detalles que acaba de ver en el ordenador: cada calle, cada muro o pared que su mente pudo retener en tan corto período de tiempo, exclamando: *"¡Ahora vamos a poner en marcha mi plan!"*, habiendo dicho esto, hace que su cuerpo sea absorbido nuevamente por el pasadizo de regreso a la vigilia donde su cuerpo físico descansa recostado en la silla de la oficina.

Inmediatamente que penetra en el conducto, inclina su cuerpo hacia la pared provocando que se salga del mismo; perdiendo la conexión con la Madeja. De esta forma cae desde la altura, la fuerza gravitacional causa un rápido descenso hacia las estructuras de la superficie terrestre; lo que en otra dimensión o espacio físico. Para un mejor entendimiento, la Madeja quedaría en el núcleo del planeta. Los conductos como tubos flexibles, hacen conexión con las personas al dormir, quedando ellos hacia la periferia. Danny lo ha nombrado, espacio intertubular.

Mientras cae advierte que su cuerpo continúa atado a una estela blanquecina y brillante que desciende a la par suya pero su curso se pierde a lo lejos. En sólo unos instantes llega finalmente hasta el nivel terrestre y haciendo un reconocimiento advierte que el lugar que le rodea es muy parecido al que hace un instante ha visto en el ordenador.

Recorre el lugar deteniéndose firmemente mientras cierra ambos puños gritando victorioso: *"¡Si...!"*, se encuentra ante la presencia del edificio más importante del país. Su zona de confort no sólo le permite descansar en la Madeja; sino que le sirve de puerta por la que puede viajar al lugar que se proponga en el planeta. Una vez más comprueba que la Madeja funciona geográficamente a la par del mundo real que conocemos.

Alegremente se acerca al edificio presidencial por donde desciende buscando la ampolla del hombre que había requerido su presencia. No es muy difícil de identificar donde pudiese encontrarse ya que su conducto se encuentra enrojecido, dando algunas sacudidas y con ese sonido característico que demuestra una fuerte perturbación psicológica. Al arribar penetra por la ampolla rápidamente cubriendo su cuerpo del camuflaje verde y marrón. A medida que avanza, la letra *"D"* contornea su pecho para luego enroscarse alrededor de su cuello y terminar libremente en la espalda, inmediatamente cubre su rostro con el cristal que sella su identidad; convirtiéndose una vez más en el héroe enmascarado.

La esbelta figura se hace presente en la oscuridad de la noche a la vez que desciende muy cerca de una grande y antigua casa de campo, rodeada de frondosos árboles y extensos cultivos de algodón. Cegadores relámpagos y ensordecedores truenos estremecen el cuerpo de Dreamman cada vez que el sonido lo alcanza. Puede percibirse a distancia la llegada del enmascarado por el chapoteo de sus pies al aterrizar sobre el inundado paraje debido a la gran velocidad con que descendía. Erguiendo el cuerpo recorre el lúgubre panorama con la mirada, observando que la turbia agua le alcanza las rodillas. El serpentear que forman las gruesas gotas de lluvia sobre el cristal de la máscara que protege su rostro mientras descienden, le hace emitir un suspiro, luego deja caer los hombros inclinando la cabeza de medio lado.

Dreamman: *"¡Menuda noche ha escogido el presidente, debió haberme advertido que al menos trajera un paraguas!"*, se eleva volando muy cerca de la superficie del agua hasta guarecerse debajo del techo del portal de la casona. Descendiendo camina unos pasos hasta la majestuosa puerta principal con mucha cautela aunque la madera bajo sus pies rechina con cada paso. Utilizando la técnica de detección de movimiento estira su brazo abriendo los dedos de la mano realizando giros de un lado al otro, abarcando todo el ancho y alto de la mansión.

Dreamman se rasca la nuca al no detectar ni un ápice de desplazamiento: *"¡Qué raro, se supone que debería estar esperando mi llegada!, seguramente sigue pensando que fui tan sólo otro de sus sueños"*. Al acercarse más a la gran puerta de madera se percata que se encuentra entre abierta. Asomando la cabeza hacia el interior, observa detenidamente la amplia sala con empolvados pisos y algunos candelabros encendidos, recubiertos de telarañas. El sonido de las bisagras bastante oxidadas por el transcurso de los años confirma el abandono del lugar. Su esbelta anatomía entra en la sala, haciéndose presente en cada destellar del cielo a su espalda.

Es una casa muy antigua de dos plantas, semejante a las de los granjeros del sur del país, donde las esclavas realizaban el servicio doméstico y los esclavos trabajaban en las labores agrícolas del maíz o del algodón. Puede sentirse el rechinar de los maderos y los horcones que fueron cortados a mano a finales del año 1700 cuando el fuerte viento bate sobre las paredes imponiendo su fuerza; algunas goteras afloran sobre la sala en la zona donde no posee como cobija la segunda planta.

A través de una puerta a mediados del pasillo se escucha el sonido del agua cayendo a chorros detrás de ella, Dreamman la abre observando unos escalones que descienden hacia el oscuro sótano que se ilumina tenuemente por la luz que penetra a través del umbral. No se puede ver el suelo pues se encuentra inundado, los muchos chorros se escurren entre los agujeros y ranuras que poseen los tablones, permitiendo que penetre el agua desde todos los rincones.

En tan sólo un instante, en el brazo izquierdo hace aparecer una antorcha que brilla con una juguetona lumbre amarilla, haciendo visible el lugar donde pisa. Bajando hasta el sótano se adentra en el agua, ésta le cubre hasta la cintura. Alumbrando a su alrededor comienza a caminar entre las gruesas columnas de madera que apenas sostienen la estructura. En su andar aparta cajones y desechos que le obstaculizan el paso a la vez que va revisando los rincones hasta que…

Al llegar a una esquina de la casa se detiene cuando encuentra un muchacho abrazado de un madero, trepado sobre unas cajas que le sirven de sostén; tiritando de frio.

Dreamman se le aproxima rápidamente para cargarlo en peso y llevarlo lo más rápido que puede hasta el piso superior. Lo sienta en un sofá de la sala, luego arranca una de las empolvadas y gruesas cortinas de tela para cubrirlo con ella.

Dreamman: *"¿Por qué estabas solo en el sótano?"*, hace una pausa preguntando nuevamente: *"¿Dónde están tus familiares?"*. El chico mueve su mandíbula a una velocidad increíble con un color violáceo sobre los labios debido a la hipotermia. Ha querido pronunciar unas palabras pero de su boca sólo escapan algunos soplidos.

El Héroe de los Sueños se acerca a una chimenea próxima a ellos encendiendo con la antorcha los vestigios de carbón y madera que permanecen en ella, cuando… el chico se levanta velozmente apagando las llamas con la cortina, a la vez que mira hacia todas parte muy preocupado.

Dreamman: *"¿Qué pasa muchacho, por qué apagas el fuego?"*. El chico colocando el dedo índice erguido frente a sus labios deja fugar más de sus cortos soplidos.

Chico: *"Baaajaaa laaa vooooz, noo deeebeee escuuucharnooosss"*, dice casi susurrando.

Dreamman: *"¿Quién no debe escu…, escucharnos?"*, disminuye el metal de voz al final de la frase haciéndole caso al muchacho entrecortando las palabras.

Chico: *"El Krakelé…"*. Le dice acercándose al costado de su máscara asumiendo que ahí es donde tiene los oídos.

Dreamman: *"¿Quién?"*, eleva los hombros a la vez que abre los brazos para dejarle saber que no ha entendido nada de lo que le ha dicho.

Entre el sonido del torrencial aguacero y los fuertes truenos comienza a escucharse otro que proviene desde afuera: *"cra, cra, Cra CRA"*, escuchándose con mayor fuerza dando la impresión que se va acercando; en tanto el chico le grita a Dreamman: *"¡Te lo dije que hablaras bajo, ahora viene por nosotros, correeee…!"*.

Despojándose del resto de la cortina que le cubre su cuerpo hace el intento por escapar hacia el fondo de la casa por el pasillo, pero se detiene instantáneamente una vez que la puerta del fondo es abierta de un tirón dejando ver la silueta de algo que se va acercando lentamente. Va dejando verse paulatinamente cada vez que un relámpago lo ilumina por detrás sin dejar aún definir la figura en su totalidad. Un sonido característico le acompaña cuando se desplaza por el oscuro pasillo hacia la sala. Ambos retroceden lentamente, Dreamman protege al muchacho colocándolo hacia su espalda, pero éste asoma su cabeza por el costado para no perderle pie ni pisada a la extraña criatura que no tardaría en visualizarse por completo una vez que atraviese el penumbroso pasadizo.

Al llegar hasta la escalera por donde se puede ascender hasta la segunda planta no les queda otra opción que comenzar a hacerlo. Durante el ascenso en cada escalón comienza a visualizarse el cuerpo de la deforme bestia de tres patas que va emergiendo a la claridad de los candiles, apareciendo primeramente una deforme pierna seguido de un largo brazo que se apoya en el suelo. La segunda pierna es mucho más corta y se encuentra hacia la parte posterior. El torso también deforme hacia un costado, tiene partes desprovista de carne exponiendo los huesos de la pelvis y las costillas, los que al caminar tropiezan entre ellos produciendo el peculiar sonido; dotándole del famoso nombre de Krakelé. El brazo restante es muy largo y móvil, el cual le sirve de contrapeso como la cola de los lagartos y está provisto de fuertes y peligrosas uñas. La cabeza... perdón, las cabezas; una blanca y otra negra, unidas por su parte posterior le proveen de una visión de 360 grados.

Dreamman: *"Pero... ¿Qué demonios es este bicho?"*, dicho esto, sostiene la letra *"D"* de su pecho por la parte recta desenroscándola de su cuello para quedar libre sobre el suelo como el látigo de lava incandescente; cosa que hace detener a Krakelé en la base de la escalera moviendo su brazo al aire en todas direcciones muy lentamente, hasta que con un grito ensordecedor comienza una carrera escalera arriba en franco ataque a los moradores.

Dreamman sostiene al muchacho de la cintura y de un fuetazo enreda su látigo en uno de los gruesos travesaños de madera para dejarse caer evitando el zarpazo de las afiladas uñas de la bestia. De esa forma atraviesan el salón como un mono y su cría pendiente de una liana, soltándose ambos muy cerca de la puerta para luego echar a correr hacia afuera de la casa girando a la derecha tan pronto salen.

Krakelé con sus tres puntos de apoyo cae en la sala al saltar desde la segunda planta. Lanzándose posteriormente por la ventana intenta acortar el camino hacia sus presas. Dreamman con el chico aún sostenido por la cintura pega un salto una vez que dobla la esquina de la casa dejándolo sobre la rama de uno de los árboles contiguos. Dejando al chico asegurado, da un salto hacia atrás cayendo muy cerca de la bestia batiendo su ardiente látigo contra ella. Los delgados dedos del brazo aéreo de Krakelé arremeten contra el Héroe de los Sueños haciendo impacto sobre su cuerpo. El golpe hubiese sido mortal de no haber seccionado las uñas de navaja del monstruo con el latigazo previo.

Dreamman cae e inmediatamente se pone de pie echando a correr en dirección opuesta; todo a su alrededor se encuentra inundado. Krakelé le sigue muy de cerca envistiéndole cada vez que cree tenerlo a su alcance. Ambos van chapoteando el agua alrededor de la casa, mientras Dreamman con su látigo comienza a pegarle a cada columna exterior de la mansión, debilitándola. Las columnas van cayendo unas tras otras hasta que la casa se comienza a desplomar lentamente. Dreamman dando otro salto enreda su látigo en una de las ramas muy cerca donde se encuentra el muchacho que no se pierde ni un detalle de la acción. Nuestro héroe se balancea y gira tomando impulso de regreso para patear con ambos pies a Krakelé que a su vez golpea la última columna en pie, provocando que definitivamente se derrumbe toda la estructura hundiéndose en las profundidades del lodo; arrastrando con ella a la horrenda bestia.

Dreamman sube a la rama donde se encuentra el muchacho para observar cómo desaparece la casa bajo las aguas. Los relámpagos comienzan a disminuir en intensidad, de igual manera los truenos. La tormenta va cediendo paulatinamente, el nivel del agua desciende permitiéndoles bajar al suelo desde la rama en la que se encuentran.

Comienza a amanecer y Dreamman se da la vuelta para dirigirse al chico que con los primeros rayos del sol ha dejado de serlo. La figura del muchacho se convierte en la del presidente Edric McGwire.

Dreamman: *"Creo que ya no es necesario preguntarle su nombre"*, suelta el látigo mientras éste asciende circularmente alrededor de su brazo retornando a la posición inicial sobre el pectoral izquierdo. Como una serpiente se desliza sobre su cuerpo perdiendo luminosidad una vez que terminada de posicionarse.

Presidente: *"¡Muchas gracias por ayudarme!, es un sueño que viene repitiéndose desde muy niño. Mi abuelo me decía que su abuelo le contaba muchas historias sobre el Krakelé. En la plantación donde vivían, los esclavos lo invocaban cada vez que querían atormentar o liberarse de alguien que los maltrataba. Parece que su imagen ha quedado plasmada desde mi niñez"*. El presidente le ofrece la mano a Dreamman recibiendo un apretón de la misma por parte del Héroe de los Sueños.

Mientras el saludo transcurre, desaparece el panorama campestre apareciendo la oficina bien conocida donde se habían encontrado hace unos días. El presidente se sienta en su butacón brindándole asiento al enmascarado.

Presidente: *"Tengo que serle sincero. Nunca pensé que vendría a la cita, en realidad si no llega a ser por lo que acabo de presenciar, seguiría pensando que fue usted un sueño y nada más"*. Dreamman le observa hablar sentado en una de las sillas de la oficina mientras continúa: *"Admito que tienes poderes sobre los sueños y creo que puedes ser muy útil a tu país"*, le dice cruzando una pierna mientras lleva su mano izquierda al mentón.

Dreamman: *"¡Usted sólo diga en que puedo ayudar y lo demás corre por mi cuenta!, siempre y cuando exista la posibilidad real de poder cumplir"*. Se pone de pie comenzando a caminar por la habitación.

Presidente: *"Muy bien, entonces procederé a contarle algo de seguridad nacional, que demás está decirle no puede comentar con nadie o la misión se vendría abajo"*. Descruza las piernas poniéndose de pie para caminar unos pasos hasta un estante donde toma un mapa de los Estados Unidos, luego extrae una carpeta roja que posee una etiqueta donde se lee: *"Sólo para sus ojos"*.

Desplegando el mapa sobre su escritorio invita al enmascarado a acercase, continuando: *"Le muestro en este mapa con los puntos en azul los lugares de donde se han retirado del mercado a nivel nacional cientos de miles de sobres de té utilizados como relajante, los que provocan serenidad y somnolencia. Las personas además entran en un estado que les hace lograr cosas en el sueño que pueden alterar la realidad, pueden desplazar objetos, incidir sobre otras personas e incluso hasta hacer daño".*

Dreamman le observa detenidamente, desconoce de los datos que le están proporcionando pero conoce muy bien los efectos de los cuales habla. Una experiencia que nunca olvidara con los pacientes del psiquiátrico y los estudios del Dr. Velutti.

Presidente: *"¡Se ha quedado muy callado Dreamman! ¿Usted entiende lo que le explico?"*, le pregunta apoyando ambas manos sobre el mapa recargando el cuerpo sobre éste.

Dreamman: *"Si, si, perdone, sólo recordaba algo que me pasó anteriormente; continúe señor presidente"*. Centra su cabeza en la figura del mandatario mientras su reflejo se desplaza por la máscara cada vez que éste se mueve.

Presidente: *"Es como una especie de droga pero pudiese hacer mucho daño si cayese en las manos equivocadas, el extracto proviene de una planta..."*, el comentario es cercenado de inmediato.

Dreamman: *"Asteleflex Péndula, una planta oriunda de la selva del Congo"*. El presidente ha quedado perplejo, no comprende como el enmascarado puede conocer esos detalles.

Presidente: *"¿Como lo sabe?"*. Se sienta con la intriga reflejada en el rostro. Dreamman comienza a dar pasos mirando hacia el suelo llevando el puño derecho hacia la espalda para ser sujetado luego con la mano izquierda sin pronunciar palabra, hasta que...

Dreamman: *"Tengo mis propias fuentes. Me inquieta mucho la idea de que las personas puedan comenzar a utilizar los sueños para cambiar la realidad con tan sólo una bebida relajante"*.

Presidente: *"¡Veo que comprende mi preocupación!"*, lo observa fijamente por un momento sin saber donde fijar la vista, sólo encuentra su reflejo en la máscara, continuando: *"Claro, me imagino que maneja mucha información al poder estar en los sueños de otros; en fin... Hemos eliminado del mercado de donde se vendían un 90 porciento del té y esperamos erradicarlo por completo en los próximos días. Todavía quedan algunas zonas en el estado de New York. Aún no sabemos cómo la mafia rusa se ha enterado de los estudios que realizamos en la base del Congo para utilizar este increíble descubrimiento a nuestro favor. El hecho es que se han apoderado de 100 mililitros del extracto de la planta utilizando a una guerrilla local al mando de un mercenario y no hemos podido recuperar el producto"*.

Dreamman: *"Entonces usted cree... que yo podría ayudar a recuperar el producto desde los sueños"*. El mandatario camina alrededor del buró acercándose frente a él.

Presidente: *"Lo ha dicho usted muy bien, después de haberlo visto en acción y con su agilidad mental será de gran ayuda para su país"*, le coloca una mano sobre el hombro.

Dreamman: *"Siempre he querido ayudar a mi nación y si ésta es la manera de hacerlo, entonces cuente conmigo presidente"*, éste le sonríe aprobando su decisión; además de haber ganado un nuevo y fuerte aliado. Ambos se quedan platicando de los pormenores por un largo rato.

Dreamman: *"Bueno señor, ya me tengo que marchar pero si me necesita sabe cómo encontrarme"*, se estrechan las manos fuertemente.

Presidente: *"Soñador número uno, no lo he olvidado"*, le sonríe dándole unas palmaditas en el hombro.

Dreamman: *"¡Adiós señor!"*.

Presidente: *"¡Adiós!"*. Sin haber terminado completamente la despedida Dreamman da un salto desapareciendo de la oficina oval causando el asombro de quien le observa.

Se encuentra nuevamente en el espacio inter tubular muy cerca de la ampolla presidencial, ha de regresar a casa y se encuentra muy lejos. Recorre un poco el edificio encontrando algunas ampollas pertenecientes a los guardias de seguridad que no se encuentran en servicio y descansan a esa hora de la madrugada; adentrándose en una de ellas. Piensa que no le es conveniente poner en práctica el regreso desde el sueño del presidente, pues no le interesa revelar la identidad.

Al llegar al sueño del guardia de seguridad, éste se encuentra en una piscina con hermosas chicas que nadan y retozan desnudas. Dreamman cae en el agua interrumpiendo el placentero juego pegándoles un tremendo susto, haciendo que nuestro héroe se voltee, diciendo: *"¡Oh, oh, lo siento mucho amigo y esto tampoco te va a gustar!"*. Dreamman de la misma manera que ha viajado recopilando la información visual del Google Earth, comienza a traer con su imaginación el barrio donde vive, cada detalle, cada calle, cada árbol transformando el entorno; dejando al guardia y a las chicas en medio de la vía pública. El guardia se incomoda lanzándose sobre él, pero éste velozmente desaparece y una vez dentro del túnel sale del mismo hacia el exterior inmediatamente. Descendiendo como un paracaidista en la región inter tubular de la Madeja, llega al nivel del suelo donde se detiene a observar los alrededores. Una vez que se incorpora, se alegra de haber descubierto la forma de viajar en su mundo a cualquier parte del planeta a través de los sueños. Se desplaza muy cerca de allí penetrando en su ampolla para dirigirse hacia la zona de confort en el centro del sueño donde ha aprendido a descansar su mente luego de los fascinantes viajes.

NOTICIAS

Capítulo 6

La fuerza con que el agua cae desde la altura de la montaña contra las rocas, crea una espesa neblina que cubre la entrada de la gran caverna, dejándose ver solamente en ocasiones cuando el viento la desplaza. El sonido es ensordecedor, aumentando paulatinamente con cada paso hacia la catarata. Allí el general Mauaji y su tropa esperarán pacientemente que se realice el canje para poder colectar algunos millones, los cuales fortalecerán y expandirán aún más sus dominios.

Se alojan en la gran caverna justo por detrás del gran salto de agua, el cual les sirve como una cortina. El general se detiene ante una brecha, una especie de ventana natural donde contempla el majestuoso paraíso exterior. Un inmenso océano verde con gigantescas olas conformadas por las irregulares copas de los frondosos árboles le arrebata un profundo suspiro mientras guarda los lentes en el bolsillo de su camisa.

A pesar de ser un hombre despiadado defiende la naturaleza y la vida animal, demostrando además una aversión profunda hacia la raza humana; siendo un ser incomprendido para muchos de los que han convivido con él. Un buen ejemplo sin duda lo constituye el incidente con el gorila. Bien pudo haberlo matado con su revólver sin titubear como muchos de los soldados que sin éxito le dispararon, pero le dio la oportunidad de defenderse enfrentándosele a mano limpia, sin miedo; sin embargo a los de su especie no les perdona lo más mínimo.

El continuo estruendo no cesa ni un segundo, los oídos se van adaptando poco a poco a los altos niveles de ruido. El gran flujo del agua en caída libre crea un movimiento del aire alrededor acompañado de pequeñas partículas de agua, humedeciendo el interior de la caverna.

Mauaji aproximándose a sus hombres les ordena con su vozarrón: *"¡Aseguren el perímetro, no quiero sorpresas!"*, tras la voz de mando que hace eco en la paredes, perturba el descanso de gigantescos murciélagos; los cuales comenzando a batir sus alas echan a volar desordenadamente. El general los observa con detenimiento llevando una mano hacia la bolsa de cuero de la cual no se aparta ni un instante, acaricia los frascos con sus gruesos dedos a la vez que piensa: *"Esta es la primera vez que tengo un mal presentimiento en los negocios con Volkov, espero que no pretenda jugarme sucio o tendré que sacar el as que tengo debajo de la manga...".*

En ese mismo instante en una base militar de Estados Unidos...

Un soldado se encuentra sentado frente a unos monitores observándolos detenidamente, se pone de pie de un salto fijando la vista en uno de ellos y se dirige hacia su oficial superior

36

hablándole en voz baja. Tras atender al soldado, éste se dirige hacia su oficina descolgando uno de los teléfonos que allí se encuentran, iniciando una conversación que no se puede escuchar desde fuera debido al hermetismo de la misma.

Unos minutos más tarde en la oficina presidencial hace su entrada el mismo general de las fuerzas armadas a cargo de las operaciones en África. El presidente se encuentra sentado escribiendo unos documentos en el buró. Son muchos los deberes que atraen su atención y necesita atenderlos a todos; poniendo cuidado o dando prioridad a algunos más que otros. No es diferente la vida cotidiana de cada ciudadano del país que organiza su diaria faena, ¿verdad?

General: *"Señor presidente, perdone la interrupción pero lo que me trae aquí, no puede esperar".*

Presidente: *"Diga general, ¿Por qué tanta prisa..., acaso me trae buenas noticias?".*

General: *"De eso se trata señor presidente, todo parece indicar que tenemos localizada la zona donde se encuentra el cabecilla Mauaji y sus hombres".*

Presidente: *"¡Vaya, al fin...!".*

General: *"Pero me temo que no son todas buenas, la región es inhóspita como para enviar a más tropas debido a la altura y lo espesa que esta la selva en esa zona, no habría donde desembarcar".*

Presidente: *"No importa, han hecho un gran trabajo localizando a ese sujeto, necesito la información del lugar exacto. ¡De inmediato!".*

General: *"¡Como usted diga señor presidente, le consigo la información en un instante!".* El general sale de la oficina oval con pasos apresurados, luego el presidente se ponga de pie muy pensativo.

Presidente: *"Vaya, Vaya... Creo que ha llegado la hora de entrar en acción con nuestra nueva arma".* Se vuelve a sentar abriendo una de las gavetas de donde extrae una carpeta, donde se lee: *"Máximo secreto",* es de color rojo y sólo tienen acceso a ella los ojos del presidente, nadie conoce de su existencia.

Al abrirla comienza a leer en alta voz: *"Proyecto Dreamman, mmm..., mmm...",* mientras lee extrae su celular del bolsillo, posteriormente lo coloca sobre la carpeta, continuando: *"Ahora debo esperar a que me entreguen la ubicación exacta del lugar".*

Por otra parte al amanecer en la ciudad de Miami...

Danny duerme profundamente en pequeñas y esponjosas nubes que flotan lentamente sobre el agua de una plácida y calmada playa, arrullado por el suave vaivén de las olas; haciéndolo sentir como un niño en una mecedora. El aire es climatizado, no hace frio ni calor; reposa su desnudo y atlético cuerpo boca abajo con los brazos abiertos. El sonido tenue del agua al romper en la orilla, llena de cocoteros; es la música que acaricia sus oídos. Los alargados troncos inclinados, dan la impresión que hacen reverencias al señor de los sueños, cobijándolo bajo sus extensas sombras.

Algunas ranas verdes encuentran refugio entre los racimos de los amarillos cocos, buscando la humedad y temperatura adecuada. Se pueden apreciar algunas de ellas en busca de insectos, saltando cortas distancias para desplazarse de un coco al otro. Una de ellas inesperadamente resbala al tratar de llegar hasta una hoja contigua y cae con las patas abiertas un largo trayecto, pero en vez hacerlo sobre el agua, aterriza justo sobre la mejilla de Danny.

Súbitamente al sentir la frialdad sobre su rostro abre los ojos pegando un brinco de sobresalto. Retorna a gran velocidad por el conducto hacia la vigilia. Al despertar, sus ojos advierten que se encuentra en la oficina frente al ordenador y la bella Kelly a un costado.

Ella le ha tocado con una de sus frisadas manos sobre el rostro y se disponía a darle un beso, pero… El aire acondicionado a esa hora de la mañana es lo más parecido a la temperatura donde retozan los pingüinos y las morsas del polo, logrando una reacción de alarma en el somnoliento galán.

Kelly pega un salto hacia atrás al ser sorprendida por la reacción de Danny, diciéndole: *"¡Ay, que susto me has dado!"*.

Danny: *"¡Susto dices!,* se incorpora de la silla pero se mantiene sentado retomando el aliento llevando ambas manos ante sus ojos, continuando: *"Susto me he llevado yo creyendo que una rana me había caído en el rostro"*, ahora se acomoda los lentes para verla mejor.

Kelly: *"¡Con que una rana!"*. No puede evitar colocar una pose de incomodidad debido a la expresión utilizada por Danny; así que se da la vuelta marchándose hacia la cocina. Allí da un par de vueltas hasta que encuentra la jarra del café llenándola de agua, vertiendo luego el contenido en la cafetera y la desplaza hasta el lugar donde posteriormente recibirá el delicioso y negro néctar de los dioses.

Danny inmediatamente se pone de pie siguiendo sus pasos, al llegar hasta ella la abraza tomándola por la espalda. La acaricia rosando los labios sobre el cuello hasta llegar al oído diciéndole en voz baja: *"Me siento como el príncipe que besa la rana y en un abrir y cerrar de ojos tiene ante sí, la más hermosa princesa jamás vista"*. Kelly sacude sus hombros queriendo escabullirse pero él no la deja moverse.

Kelly: *"¡Fui a ver dónde estabas cuando no te encontré en la cama!"*. Lo dice todavía evidentemente enojada. Danny le da la vuelta enredándola en su abrazo.

Danny: *"Me levante en la madrugada, no tenía sueño y trate de conciliarlo viendo algunas cosas en el ordenador y… de veras no sé cuando me quedé dormido. Todavía siento un fuerte dolor en el cuello por estar tanto tiempo en la misma posición"*.

Él intenta darle una explicación que la tranquilice, por otra parte ella pretende continuar con su argumento pero…, sus labios son sellados con un apasionado beso que la enmudece un largo tiempo. Danny conoce bien que sus besos le estremecen cada espacio en su interior. Ambos pasan de una acción a la otra sin darse cuenta hasta terminar enredados. Pudieran ser comparados como una hermosa pompa de jabón que flota bajo el ardiente sol y al detallarla, te das cuenta que va cambiando el tono de sus colores en una amplia gama que va desde el azul claro hasta el rosado. Una pompa que flota dulce y delicadamente a un ritmo que se acelera paulatinamente, haciéndose más transparente y delicada su corteza con cada respiración, con cada contorneado de sus cuerpos hasta que finalmente; se revienta emanando gemidos de satisfacción. La falta de energía los desploma sobre el frio suelo, pero esta vez no importa; se deleitan con las miradas, las caricias y el delicioso aroma del café que comienza a inundar cada rincón.

Danny sabe muy bien usar las palabras y el cuerpo para calmar las preocupaciones de su doncella. Ella está siempre dispuesta a recibir la poesía que escribe su amado en las páginas de su cuerpo. Lo mira apasionadamente y lo besa con la respiración acelerada, le toma una de sus manos posándola sobre su suave vientre. Él sin despegar los labios de los de ella, abre los ojos observándola fijamente sin hacer movimiento alguno, para luego dejar escapar una sonrisa.

Danny abre los ojos más que lo habitual, preguntándole: *"¿Qué…?"*, ella le muerde los labios provocándole decir incoherencias, cosa que le hace mucha gracia; liberándolos luego cuando comienza a reírse a carcajadas. Él no comprende lo que pasa, se ha quedado desconcertado hasta que ella se torna seria y apoyándole la cabeza sobre su pecho le dice: *"Tonto…, vas a ser papá"*.

Durante un instante no reacciona, la inesperada noticia lo ha dejado boquiabierto. Todo ha sido tan rápido que no puede creer lo que ha escuchado. Una gran alegría le recorre el cuerpo haciéndole olvidar todo, no tiene cabida para otros pensamientos que no sea el de imaginarse a su hijo.

DULCE RENCUENTRO

Capítulo 7

El intenso calor en la ciudad de Miami puede sentirse casi todo el año, es lo que predomina en este paraíso tropical que emergió entre las aguas del pantano. El hombre mismo le ha arrebatado a la naturaleza cada pulgada de terreno con cada pala de tierra vertida; rellenando los cimientos de su morada.

La pareja feliz se ha marchado a casa de Sofía, la madre de Danny. Ella les ha invitado a pasar la tarde y de paso a disfrutar de unos garbanzos fritos con chorizo que son su especialidad. Kelly adora esos garbanzos fritos, pero Sofía se niega a darle la receta para que regresen por su casa con frecuencia.

Al llegar al estacionamiento de la pequeña casa ubicada en el barrio de Hialeah, puede apreciase que el exterior se encuentra recién pintado de rosado pálido. Los bordes sobresalientes de los aleros hacen juego con las columnas de estilo árabe a la sombra de las tejas anaranjadas. Un camino ancho de piedras aplanadas color terracota, comprimen entre ellas un césped bien recortado, el cual conduce hasta la puerta de madera marrón oscuro. Los gruesos cristales que conforman el centro de la misma impiden la visión hacia el interior. Danny ha comprado la casa para su madre, la mantiene acomodada sin grandes lujos pero se asegura que nada le falte.

"Din-Don... Din-Don...". El sonido del timbre se escucha desde fuera cada vez que Danny lo presiona. Mirando fijamente a su amada le sujeta la mano, ahora detiene sus ojos sobre su abdomen dejando escapar una sonrisa de felicidad. Ella le aprieta con fuerzas la suya devolviéndole la sonrisa.

Se abre la puerta rápidamente y cuan inesperada ha sido la sorpresa que hace resoplar a Danny, exclamando: *"¡Ya se me fastidió el día!"*, baja la mirada al ver la figura de Pedro Pablo asomarse; éste para fastidiarlo cruza la puerta dándole un beso a Kelly.

Pedro Pablo: *"¿Cómo estas querida?, pero pasa, pasa; no te quedes ahí en la puerta que hay mucho calor afuera"*.

Permitiéndole pasar, inmediatamente cierra la puerta dejando a Danny fuera, quien comienza a tocar el timbre nuevamente. En esta oportunidad quien abre es su madre que se voltea hacia Pedro Pablo, diciendo: *"¡Tampoco me lo tienes que tratar de ese modo, no exageres Pedrito...!"*, Pedro Pablo no le hace caso y continua conversando con Kelly mientras le sostiene una silla para que se siente. Kelly sonríe sabiendo que las bromas de estos dos no tienen para cuando acabar.

Sofía: *"¡Ven pasa mijo!, que aunque estamos acercándonos al invierno, el calor es insoportable"*, le da un prolongado beso sin tocarlo con las manos ya que las tiene embarradas de condimentos. Danny devuelve el beso abrazándola fuertemente, diciéndole mientras la aprieta: *"¡Mmmmmm..., que bueno es tener una madre que lo consienta a uno!"*.

Sofía: *"¿Si no lo hago yo, quién lo va a hacer?"*.

Kelly: *"¡Bueno..., yo también lo consiento mi suegra!"*, dice sin perder tiempo para hacerle saber que ella también lo cuida mucho.

Sofía: *"Yo lo sé mi ángel, pero tú lo puedes consentir de muchas maneras que yo no puedo, ¿No es cierto?"*, le abre los ojos divirtiéndose con lo que ha dicho. Ella ríe aceptándolo sin dejar de sonrojarse.

Pedro Pablo: *"¡Dejen ya el celo y de discutir por éste!, mejor siéntense y cuenten como les va"*, posteriormente hala la silla para que Danny se siente a su lado teniendo a Kelly del otro.

Danny se acerca sosteniendo en la mano izquierda una caja de madera por sus azas hechas de soga. Dándole un beso en la cabeza a Pedro Pablo, éste lo mira seriamente con sus ojos saltones y le abraza por la cintura, diciendo: *"¡No sabes cómo te extraño grandulón!"*. Justo en la mesa y antes de sentarse, Danny deposita la caja entre los brazos de su amigo.

Danny: *"Echa un vistazo a ver si te gusta lo que hay dentro"*, se sienta junto a él sin perder de vista sus movimientos.

Pedro Pablo sosteniendo la caja entre sus manos desliza la tapa hacia arriba dejando ver en su interior dos botellas de vino Cabernet que descansan entre un acolchonado montón de pasto seco; luego alcanzando una de las botellas lee la etiqueta detenidamente.

Pedro Pablo: *"¡Hay que ver que tienen buen gusto!; Vino Cabernet Sauvignon, Puerto Viejo. La presentación es muy agradable, nunca había escuchado de él"*. Detalla la original etiqueta hecha de una delgada hoja de madera, los bordes son irregulares semejando un mapa antiguo; llevando pirograbado un galeón español en su centro con el nombre que lo distingue. El color oscuro casi negro de la botella de anchos hombros contrasta muy bien con otras etiquetas azules que posee. Acto seguido poniéndose de pie se dirige a una de las gavetas del armario de la cocina y abriendo una de ellas extrae el sacacorchos.

Sofía: *"¡Que desesperado eres Pedrito!, ¿No puedes esperar a que nos sentemos a almorzar?"*. Dando rápidos pasos se le acerca arrebatándole la botella de las manos para apartarla lo más lejos posible. Éste poniéndole rostro de niño malcriado, cruza los brazos desgarrando carcajadas del resto.

Danny: *"Déjalo Mamá, que para eso las he traído, además..., no queremos perder tiempo; pueden llamar del hospital en cualquier momento para que asistamos a ver algún caso"*. Con el brazo extendido hacia arriba dando pequeñas sacudidas a su mano le indica que le deje hacer su voluntad a la vez que se pone de pie para ocupar la silla cercana a su amada, lugar que había sido ocupado anteriormente por el mas sediento de los comensales.

Poniendo las manos sobre las rodillas de Kelly... La mira fijamente por unos segundos atrayendo la atención, ella corresponde con un brillo extra en su mirada acompañado de una sonrisa y una leve inclinación de su cabeza hacia abajo, dándole a entender que ya es hora de la noticia.

Sofía y Pedro Pablo comienzan a presentir que estos dos traman algo que no les han dicho, cuando…, Danny se les adelanta dando un gran suspiro antes de que pudiesen decir algo: *"¡Vamos a tener un hijo!..."*, traga en seco posteriormente, las palabras no le han salido con la fuerza necesaria para que fuesen escuchadas dejando a todos como que escucharon pero sin entender.

Sofía: *"¿Qué dijiste mijo?*, ella no sabe si escuchó bien o se lo imaginó pero desea que le repita lo que ha dicho.

Danny: *"¡QUE VAMOS A TENER UN HIJO…!"*, casi gritando la frase pone su madre a flexionar las rodillas mirando hacia todos sin saber donde depositar la mirada con los brazos estirados, las manos abiertas a más no poder y la boca mostrando la campanilla. Echa a correr hacia ellos al igual que Pedro Pablo lo hace, se abrazan fuertemente y reparten besos a los cuatro vientos por un buen rato.

Sofía: *"¡AY DIOS MIO QUE ALEGRIA TAN GRANDE ME HAS DADO…!"*, con lágrimas en los ojos los observa a ambos muy feliz; luego colocando sus manos sobre las mejillas de ambos, continúa: *"Es la mejor noticia que pudiesen haberme dado. Me están haciendo muy feliz, gracias"*.

Pedro Pablo vuelve a darles un abrazo: *"¡Muchas felicidades!, que esa personita en camino venga con muchas bendiciones de Dios, porque el amor nuestro no le va a faltar"*. Soltándoles se dirige donde Sofía había colocado la botella de vino sosteniéndola fuertemente con su mano derecha descorchándola, posteriormente con la izquierda alcanza tres copas que se encuentran hacia abajo dentro del mueble de cristal, diciendo: *"Ahora nadie me la va quitar"*.

Comienza a repartir las copas en las manos de Danny, Sofía y la suya la posa sobre la meseta llenando cada una de ellas con el delicioso rojo oscuro del Cabernet, continuando: *"Y para usted mi reina… un refresco de guayaba que he traído del palacio de los jugos que esta riquísimo"*. Sosteniendo un largo vaso de cristal, se dirige al refrigerador sacando la jarra que contiene el jugo y regresa rápidamente llenándole el vaso; casi se le derrama por el nerviosismo haciendo que Kelly se retire ligeramente hacia detrás.

Pedro Pablo: *"Ahora sí estamos completos. ¡Brindemos por la felicidad…!"*, al terminar sus palabras alza su copa.

Sofía: *"¡Brindemos por mi nieto…!"*, levanta también la copa.

Kelly: *"¡O nieta…!"*, les acompaña elevando el vaso.

Danny: *"¡Brindemos por ambos!, ya que a veces vienen de dos en dos… Ja, ja, ja…"*. Tras la carcajada alza la copa para finalmente terminar todos en un ruidoso chin-chin.

La risa y la alegría de los presentes se apoderan de la casa durante todo el almuerzo, disfrutando de una armoniosa conversación que gira sin lugar a dudas alrededor de la pequeña criatura que se forma en el vientre de la agraciada oftalmóloga. Mientras conversan, el tiempo transcurre rápidamente, la vibración del celular de Danny le hace retirarlo de su bolsillo abriéndolo cuidadosamente sin que le notasen; observa en la pantalla un mensaje de la cuenta de Twitter, donde se lee: *"Encuentre al soñador No.1 a medianoche en el lugar indicado"*. Sin poder evitar el cambio de su semblante hacia uno más serio, atrae la atención de Kelly que se le acerca lentamente al verlo disociado.

Kelly: *"¿Estás bien mi amor?"*, sus palabras le hacen reaccionar inmediatamente.

Danny: *"Si, si, tan sólo estaba pensando en algo que debo hacer"*, le da un beso y se introduce nuevamente en la conversación.

VOLKOV

Capítulo 8

El crudo invierno de la Estepa rusa en la mañana invita a quedarse en cama arropado entre las sábanas y las cobijas, escuchando el crujir de los tizones de la hoguera en la chimenea, dejando que el bostezo matutino se apodere del cuerpo hasta espabilarlo.

Serguei ha despertado temprano, aun está oscuro afuera. La claridad en esta época del invierno se asoma un poco más tarde y dura tan sólo unas pocas horas en esta estación del año. Se rasca la cabeza con ambas manos comenzando a estirar cada musculo, provocando que sus calzoncillos largos se alcen hasta la mitad de las piernas. Finalmente se levanta deteniéndose frente a la ventana observando las blancas motas de algodón que descienden suavemente desde el cielo. La vista desde la ventana es hermosa, todo es pulcritud afuera. Un inmenso manto blanco cubre la tierra por completo, los arboles han perdido sus hojas quedando desnudos totalmente. Tal parece que estuviesen tristes, a algunos se le han congelado las lágrimas mientras lloraban durante la fría noche y permanecen allí, colgadas de las ramas para mostrarnos su angustia; dejando escuchar en ocasiones el sollozo como un silbido que se acentúa en las tempestades.

El joven Ruso se ha vestido deportivamente, frecuentemente toma la ruta de la colina hacia la fábrica que dirige; localizada en el poblado justo a los pies de la montaña. Esquiar es su pasión y hoy parece un día perfecto para la velocidad cuesta abajo.

Al salir, en las afueras de su mansión le esperan dos escoltas armados, los cuales al notar su presencia le dicen al mismo tiempo: *"¡Buenos días señor Volkov!"*. Tras cerrar la puerta una vez que su jefe se encuentra fuera, uno de ellos continúa: *"¿Traemos el auto?"*.

Volkov: *"No, hoy esquiaré hasta la fábrica"*, los escoltas comienzan a caminar delante del jefe, bajan por las heladas escaleras llegando hasta las moto nieve en las cuales se sientan; poniéndolas en marcha. Esperan por Serguei quien colocándose los esquíes se desplaza lentamente hasta cruzar la calle frente a su morada. Allí comienza el largo descenso hasta el pueblo.

Serguei Volkov es hijo único de un ex militar de alto rango. Su padre, Mijaíl Volkov era el encargado del armamento militar durante los últimos treinta años de la URSS *(Unión de Republicas Socialista Soviética)*, encargado de la producción y distribución de las mismas en el mundo durante la exportación del socialismo. El abastecimiento de armas de todo tipo: artillería, aviación e infantería, así como surtir a las guerrillas y a los países del mundo en contra del sistema capitalista era su especialidad. Cada armamento nuevo o en desarrollo era rigurosamente inspeccionado y celosamente guardado bajo estrictas normas de seguridad, incluyendo el armamento biológico y nuclear. Luego de la caída del campo socialista, los militares de alta categoría como en el caso de Mijaíl Volkov, pasaron a ser los nuevos ricos de un sistema donde hipócritamente habían promovido la igualdad de los seres humanos durante más de siete décadas.

Mientras todos estos cambios ocurrían, Serguei se forjaba en la escuela militar. No constituía un secreto para nadie que el joven ruso heredaría el imperio armamentista que su padre forjase bajo la tutela Bolchevique. En el transcurso de los sucesos, ya conocía las rutas, cada distribuidor y los cliente de su padre que ya cansado y viejo le dejaba bajo su mando.

El sonido de la nieve desplazada bajo los esquíes despeja los pensamiento de Serguei. El entrenamiento militar hizo de su persona otra arma que con precisión evade rápidamente los arboles y obstáculos que se le aproximan. Muy próximos le siguen los guarda espaldas en las moto nieve equipadas con esquíes especiales en la parte delantera y una gran estera central en la parte posterior. Los saltos y piruetas en el aire por parte de los tres intrépidos, forman una coreografía que han ensayado muchas veces en el mismo descenso durante el largo invierno. Definitivamente es una forma de mantenerse activo y que los fluidos corporales no se enlentezcan con el intenso frio de la Estepa.

Al arribar a la parte baja de la colina, Serguei retira los esquíes de sus pies entregándoselos a uno de sus guardias; éste desmonta de su moto nieve ofreciéndosela. El escolta monta en la parte trasera de su camarada siguiendo al jefe a toda velocidad a través del poblado con sus calles desiertas. No hay mucho que temer, todo es tranquilo; cada habitante se conoce muy bien por tratarse de una pequeña población. Todos respetan a Serguei por su fama de malgenioso; no dudaría un segundo en mandar a hacerle un agujero en la cabeza a quien desobedezca sus órdenes. Una vez mandó a colgar de los brazos contra uno de los muros que se encuentran muy cerca de la línea ferroviaria a un espía que capturaron tratando de llevarse unos planos de armamentos. Él mismo le disparó con un cohete RPG frente a todos, todavía permanece el gran agujero en la pared con las manchas de sangre como escarmiento; además…, *"El Jefe"*, como casi todos los pobladores le llaman, se ha convertido en una opción de empleo. Siempre está en busca de mano de obra para trabajar en su fábrica de armas.

Desde lejos los guardias de seguridad que protegen el portón de la entrada de la fábrica, observan el acercamiento de las moto nieve, reconociendo inmediatamente al jefe. Abriendo las pesadas compuertas, les dejan pasar para volverlas a cerrar una vez que han entrado.

El lugar no es indicativo de que se construyese nada en el interior, tan sólo grandes puertas en la base de una montaña de rocas gigantescas cubiertas de nieve, no existe ningún rotulado que haga alusión a lo que en su interior ocurre. Todos saben cuál es su propósito pero… ¿Quién le pone el cascabel al gato?

El sonido de los motores retumba en el amplio espacio con poca luz en el interior, los vehículos son aparcados hacia un costado para permitir el acceso de otros si fuese necesario. Uno de los guarda espaldas se adelanta hacia otras gigantescas puertas de acero ingresando un código en el teclado que se encuentra un costado. Toda la estructura alrededor es de hormigón y acero, un verdadero bunker. Una sola entrada, una sola salida.

Muy pronto se escucha el sonido del engranaje, hasta que se abren las puertas del ascensor. La capacidad interna del mismo podría albergar fácilmente un par de camiones cargados con tanques de guerra encima o cualquier otro armamento pesado de desmesurado tamaño.

Al oprimir ciertos botone desde el interior, el elevador cierra las puertas descendiendo lentamente hasta que unos segundos más tarde abre las fauces ante un espacioso túnel donde les espera un automóvil; éste les conduce hacia el centro de la montaña, allí es donde verdaderamente se encuentra asentada la fábrica. La instalación constituye un magnífico escondite lejos de preocupaciones en cuanto a espionaje satelital se refiere.

"¡Buenos días señor Volkov!", exclama otro de los guardias abriendo la puerta del automóvil. Serguei no le contesta, realiza la misma rutina diaria de saludar a todos los militares que se le aproximan para rendir cortesía, solamente corresponde elevando su mano derecha apuntando hacia la frente con los dedos unidos, pero sin pronunciar palabra alguna.

Al cruzar el umbral, puede fácilmente distinguirse otro amplio recinto donde cientos de personas trabajan en diferentes labores. Podemos decir con certeza, que lo hacen en un lugar oculto en las entrañas de la tierra, donde la noción del tiempo se pierde; no se sabe si es de día o de noche, si afuera hace calor o frio. Lo cierto es que todos se concentran en lo que hacen ya que el más mínimo detalle es importante. No se trata de una producción de juguetes o de ropa, sino de armas de fuego, de las cuales depende la vida de quien la porta y se requiere de una concentración al cien por ciento; un descuido podría ser fatal.

A Serguei le gusta el orden y la disciplina, pasa horas revisando cada protocolo de trabajo y la calidad del acabado de los fusiles de asalto. Va recorriendo las líneas de producción haciéndose notar, practicando muy bien el refrán: "El ojo del amo engorda el caballo".

Esta mañana ha puesto especial énfasis en los lotes de balas trazadoras para el cotizado AK-47, puesto que habrá una entrega millonaria destinada al medio oriente; uno de sus mejores compradores. Al llegar al local recorre la instalación meticulosamente revisando cada tablilla de trabajo. Los trabajadores le observan con mucho cuidado desde la periferia del campo visual, un contacto directo con los azules ojos de Serguei es peor que ser convertido en piedra tras la mirada de Medusa.

La tensión se acentúa cuando éste comienza a preguntar…

Serguei: *"¿Quién fue el que no rotuló debidamente esta caja?"*, todos se paralizan comenzando a murmurar.

Trabajador: *"¡Yo… camarada Volkov!"*, la voz temblorosa del aldeano sale de su boca sin vibrar prácticamente en sus cuerdas vocales. Alza el brazo y luego de un instante, se hace presente entre la muchedumbre. Los guardaespaldas de Serguei inmediatamente acuden al encuentro para acercarlo hacia el jefe de una manera no muy cordial.

Serguei le observa con gozo en su interior, disfruta el miedo que siente el trabajador con una mirada inexpresiva en su rostro, casi parkinsoniana.

Serguei: *"¡Abra la caja!"*, dice con tono imponente alcanzándole una barra para que la utilice como palanca.

Trabajador: *"Sí, sí, claro..."*, sostiene la barra y abre la caja de madera rápidamente dejando al descubierto unas latas en su interior que semejan grandes latas de sardinas pintadas de color verde.

Serguei abre una de las latas extrayendo una bala de AK-47, ésta lleva pintada la punta de color verde fosforescente, luego la deposita sobre la mesa de trabajo. Extendiendo nuevamente el brazo, selecciona otra bala de AK-47 sin la pintura en la punta de la misma y la coloca justo junto a la otra.

Dando unos pasos en derredor, coloca las manos hacia la espalda y refiriéndose al aldeano le pregunta...

Serguei: *"¿Usted conoce la diferencia entre esos dos proyectiles?"*, mirando hacia el techo no deja de pasearse hasta que se detiene junto al aldeano.

Trabajador: *"Si camarada Volkov, la... diferencia es..., que el proyectil con pintura es traza y el otro no"*, el aldeano mira hacia todos con temor de no haber respondido bien la pregunta.

Pla, Pla, Pla, Pla... se escuchan aplausos.

Serguei: *"¡Excelente, conoce la diferencia!"*, hace una pausa y grita... *"¡Lo que evidentemente no sabe es la pérdida de dinero que su incompetencia produce!"*, ahora asusta a los presentes con sus palabras.

Haciendo un gesto facial, los guardaespaldas atrapan al trabajador sosteniendo con fuerzas el brazo izquierdo del mismo sobre la mesa de trabajo. Los gritos del aldeano implorando perdón se escuchan por doquier; pero nada hará cambiar de parecer al despiadado Volkov. Cuando de dar un escarmiento se trata, él se apunta solo.

Recogiendo la bala pintada de verde de la mesa, hace un gran esfuerzo separando el plomo de la parte delantera de la bala, del casquillo que contiene la pólvora. Deposita este último sobre la mesa nuevamente pues no cree hacerle falta para sus propósitos. Con sus dedos sostiene el plomo por la parte puntiaguda, dejando el fondo hacia arriba. Todos miran con horror cuando el jefe saca un encendedor de su bolsillo encendiendo el fondo de la bala, lo cual origina que se incendie vigorosamente produciendo llamaradas rojas.

Súbitamente baja el brazo presionando el plomo en llamas sobre el dorso de la mano del trabajador, arrancando de éste continuos gritos de dolor.

Muchos voltean el rostro para no presenciar el cruel acto; en cambio Serguei disfruta cada segundo de duración hasta que..., inesperadamente el aldeano en su forcejeo y la debilidad del agarre de los guardias por el temor a ser quemados, hace que se libere la extremidad que hace unos segundos sostenían.

El proyectil encendido escapa de las manos de Volkov comenzando a dar vueltas en el aire sobre las cabezas de los presentes. Todos observan la trayectoria del proyectil fijamente..., hasta que al darse cuenta que se dirige hacia la sección donde se introduce la pólvora en los casquillos, la estampida no se hace esperar.

47

Un fuerte temblor de tierra estremece el poblado, produciendo una avalancha de nieve y rocas de las colinas, haciendo inaccesible las calles. Numerosos muertos fueron hallados a causa de la explosión en la fábrica, el horror que vivió el pueblo esa fría mañana quedó plasmado para siempre en la memoria de todos los sobrevivientes. Serguei Volkov, quien milagrosamente sobrevivió a la catástrofe, fue llevado a un hospital en la ciudad cercana en helicóptero donde se le practicaron varias cirugías para salvarle la vida. Desafortunadamente para él, ha quedado con una parálisis de los miembros inferiores.

Varios años han transcurrido desde aquella catástrofe, otros tantos fueron necesarios para su parcial recuperación. El dinero obtenido gracias a los cientos de negocios sucios, le sirvió para que los doctores pudiesen implementar sobre su cuerpo un novedoso descubrimiento. Un exoesqueleto o esqueleto externo que le permite caminar. Controla la tecnología robótica con su mente, de esa manera puede mover las piernas mecánicas; las cuales le dotan de rigidez suficiente para andar. Ya no puede aparecer de improvisto sin que se enteren de su presencia. El sonido de los hidráulicos de su exoesqueleto se puede escuchar a distancia poniendo en sobre aviso a quienes no desean ser sorprendidos mientras desempeñan sus labores.

MAÑANA DE SOMBRAS

Capítulo 9

Apenas los primeros rayos del sol surcan el horizonte, la quietud es perturbada por el sonido fugaz de rápidos pasos y un jadeo intenso. Las cortas pisadas de los pies descalzos magullan la hierba constantemente, contribuyendo de esa manera a la formación de los caminos; conectando las aldeas y los poblados vecinos.

Aún sin poder detallarse por completo el panorama, dos sombras jóvenes han abandonado sus casas a toda velocidad, llevan consigo la ilusión de la aventura a cuestas sin más vestimenta que unos simples pedazos de tela alrededor de la cintura para cubrir parcialmente la desnudez.

Dos chicos, de unos 16 años recorren la sabana como antílopes flotando en el viento con cada salto. Llevan prisa, las trampas colocadas la noche anterior, con suerte pudiesen contener el alimento necesario para toda la familia por algunos días. No es infrecuente para ellos tumbarse en el lecho de paja, muchas veces sin nada más que depositar entre los dientes que una palabra de buenas noches a sus padres. Otras, una florida imaginación les hala las tripas haciéndolas rugir con cada retortijón.

Las sombras continúan zigzagueando entre la maleza, con el incremento de la claridad se van dejando ver los fibrosos cuerpos de los muchachos; hechos del más fino y torneado ébano. Los ejercicios diarios al recorrer largas distancias, trepar arboles y nadar caudalosos ríos, proveen potentes musculaturas, envidiadas por el mas dedicado atleta que desarrolla su físico para las olimpiadas, pero no para una supervivencia cotidiana.

El Joven Naru sobresale entre los chicos de su edad, es el más fuerte entre los luchadores, cuyos musculosos brazos le hacen señas a su amigo para que corra de prisa sin rezagarse. El sudor le empapa la frente, las gotas convergen formando verdaderos ríos que descienden sobre el rostro remontando los carnosos labios y posteriormente saltan como cascada salpicando los agitados pectorales. Algunos queloides sobre el cuerpo dan fe de las batallas libradas a su corta edad. Sin duda África constituye un campo de entrenamiento natural que impulsa a todo ser vivo al límite, una enseñanza sin descanso desde el nacimiento a la supervivencia; donde en muchas ocasiones si no devoras..., podrías ser devorado.

Naru: *"¡Akem... detente!"*

Akem llega hasta Naru disminuyendo rápidamente la velocidad, intenta recuperar el aliento lo más silenciosamente posible poniendo su lanza hacia abajo para apoyarse en ella. Escondidos tras unos arbustos logran distinguir a través del follaje una gacela atrapada en la trampa que habían tendido la noche anterior. El animal se encuentra atado por una cuerda muy rustica a una de sus patas traseras, corre en círculos y salta tratando de escapar, pero los chicos han aprendido bien las lecciones sobre la caza; el lazo de la soga es fuerte y resiste las pataletas de la gacela.

Pero…, algo más que un simple lazo sobre una pata tiene tan alborotado al hermoso animal. Entre un montón de hierba seca no muy lejos de allí el viento ha acarreado un olor que inquieta sus sentidos, haciendo que abra los ojos observando atentamente; ahora se queda inmóvil sin contraer ni una sola fibra muscular, olfatea muy preocupada elevando la cabeza.

Akem: *"¿Qué esperas?, ¡Vamos a atraparla!"*, exclama exaltadamente apartando a su amigo de su camino hacia la presa. Empuñando su lanza de madera con una postura encorvada comienza una corta carrera de tres o cuatro pasos y justo antes de lanzar la alongada arma, su brazo es atrapado por la enorme mano de Naru, deteniéndole bruscamente; haciéndole perder el equilibrio.

Naru: *"SSSsss…"*, susurra haciendo un gesto con su dedo índice hacia arriba cerca de la boca, dejando escapar suavemente el aire.

Akem: *"¿Qué pasa?, ¿Por qué me detienes?"*. Se voltea hablando en voz baja abriendo los brazos. Para Akem la impaciencia de capturar al animal salvaje le hace descuidar ciertas reglas que deben ser respetadas cuando se caza.

Naru le coloca la mano derecha sobre la cabeza empujándolo fuertemente hacia abajo, obligándolo a agacharse; luego lo acerca junto a él. Sin soltarle a cabeza desplaza la mano hacia el cuello tirando de él despacio tratando de enfocar la atención de su amigo hacia la hierba donde la gacela observa muy quieta sin perder el más mínimo detalle. Naru es muy observador e inteligente, no en balde es considerado el mejor joven guerrero de la región. Jamás ha sido derrotado en las luchas corporales por su gran fortaleza física, ingenio y tenacidad. Es un cazador nato y excelente explorador; sin hablar de la destreza con las armas. Se ha ganado el respeto de todos, superando con creces cada tarea encomendada por difícil que fuese. Se rumora por algunos aldeanos que ha podido deshacer una roca con sus propias manos, lanzar un tronco de 200 libras a veinte metros de distancia, correr por la sabana durante días sin detenerse ni siquiera a beber agua. Se dice que ha sido favorecido por los mismos dioses por haber nacido el único niño vivo entre cuatro hermanos del vientre de su madre. La creencia es que al nacer heredó la fuerza e inteligencia del resto. En aquel entonces le llamaron "Naru cuatro hermanos". Ahora Naru es un joven poseído por una mezcla de tenacidad y bondad. Su vigorosa musculatura y fama de guerrero no le impide ayudar a sus aldeanos mayores y sobre todo a su madre, que le mima a escondidas para que sus amigos no le hieran el orgullo de campeón. En la pequeña aldea todo se llega a conocer, pero nadie se atreve con el joven Naru, todos saben elegir muy bien a cual techo pueden lanzar una piedra.

La hierba seca hacia la zona donde observa la gacela, ha comenzado a hacer unos pequeños movimientos desentonando el vaivén que por momentos el viento le impregna, llamando ahora la atención de Akem. Pacientemente ambos esperan advirtiendo que los movimientos de la hierba son cada vez más próximos. Finalmente y casi imposible de distinguir debido al color dorado como el entorno, unos grandes ojos emergen acechantes en marcada señal de ataque. Con las orejas hacia atrás e inmensas pupilas va dejándose ver la gran cabeza camuflada de una leona adulta y hambrienta. Ha visto una presa fácil que no puede dar más que unos pasos alrededor sin poder escapar. La gacela ha aplastado ya toda la vegetación circundante, formando un círculo atada a su centro.

Silenciosamente la leona da cortos y precavidos pasos girando la cabeza hacia los lados para asegurarse que no hay otro depredador cerca haciéndole competencia, mientras su lengua humedece las fauces por el incesante brote de saliva. La gacela al percatarse de semejante figura frente a ella, comienza a dar grandes saltos en círculos, lanzando patadas desesperadas.

Naru y Akem empuñando sus lanzas con los brazos elevados salen de su escondite como poseídos, haciendo sonidos en dirección a la gacela; listos a defender el alimento de sus familias. Los continuos gritos que emanan de sus gargantas tratando de tronchar el ataque felino, no parece producir coacción en su oponente, de igual forma lo continúan intentando debido a que se encuentran a una mayor distancia.

La leona de un salto cae sobre el cuello de la gacela inmovilizándola en el suelo, en tanto llegan los valientes amigos a disputarse la presa fieramente. Las lanzas son clavadas en el lomo de la leona haciendo que suelte el cuello de la presa. El ensordecedor rugido es la evidencia de intensas muestras del dolor. Al percatarse que se encuentra envuelta en una pelea desigual, reacciona lanzando zarpazos que son repelidos por las lanzas; volviendo al ataque una y otra vez sin dar margen a contra ataques.

La leona aplicando un sabio y antiguo dicho: *"Es mejor que digan aquí corrió..., en vez de... aquí murió"*, decide salvar el pellejo corriendo hacia la hierba deteniéndose a unos cincuenta metros del lugar. Desde la distancia saca la conclusión de que es preferible que esos humanos se lleven a casa un trofeo y no dos. Las heridas producidas por las lanzas no son mortales pero son dolorosas, así que decide tumbarse en el pasto para lamerlas.

Los jóvenes desenredan la gacela que yace sin vida sobre la ensangrentada tierra. La fresca sangre continúa brotando sin cesar de las heridas del cuello, lo cual les recuerda que no deben apartar la mirada de la leona por muy entretenida que esté; saben que es un rival de importancia.

Naru desenvaina el filoso cuchillo localizado hacia su espalda en la región de la cintura comenzando a desmembrar una de las extremidades delanteras de la gacela, usando en ocasiones fuertes movimientos de sus brazos para desgarrar la articulación.

Akem: *"¿Qué haces?"*, le requiere alzándole la voz al notar que se ha puesto de pie con la extremidad del animal; aún sin desprender del todo del resto del cuerpo.

Naru termina de cortar el último pedazo lanzándolo con impulso hacia la leona. Ella se asusta al percatarse de un objeto que viaja en su dirección y corre apartándose unos metros, luego regresa precavida hasta la pieza observando detenidamente por un instante a Naru. Pestañea un par de veces para posteriormente inclinar la cabeza. Sosteniendo con las fauces apretadas el trozo de carne. Lo arrastra hasta la hierba seca donde su cuerpo es prácticamente invisible; hasta desaparecer del todo.

Naru: *"¡Se lo ha ganado!, si hubiésemos llegado más tarde no tendríamos nada; además, probablemente tenga cachorros que alimentar, ¿no te fijaste en el tamaño de sus mamas?"*. Pregunta observando fijamente a los ojos de Akem.

Akem: *"¡Es cierto!, además con el resto de la gacela podemos comer todos por unos días"*. Colocando la mano sobre el hombro de Naru aprueba su acción.

Naru se pone de pie y con gran destreza levanta en peso la gacela llevándola sobre su cuello y anchos hombros. Le es indiferente la sangre que va cayéndole encima, luego volteándose hacia Akem le comenta: *"Necesito que estés muy atento, no quiero ser sorprendido por ningún otro depredador en el camino de regreso a la aldea"*.

Akem: *"¡Descuida, estaré muy atento!"*. Diciendo esto su cabeza comienza a girar de un lado a otro observando todo el panorama.

Ambos comienzan a caminar recorriendo el mismo sendero por donde le habían traído sus pasos. Apenas la mañana comienza, el sol despunta a lo lejos dejando ver su radiante brillo envolviéndolos nuevamente en sudor. Las largas y calientes caminatas a las que están acostumbrados son bañadas por un refrescante suero corporal. El viento comienza a soplar lentamente trayendo toda clase de olores de la sabana: el olor de la hierba, de los animales vivos y de los que no lograron pasar la noche, de excrementos, de flores, etc. Es una mezcla muy difícil de describir; pero hay un olor en particular que llama la atención y cuando este olor se hace presente es inconfundible para cualquier ser vivo.

Naru: *"¿Hueles eso Akem?"*, voltea la cabeza hacia su amigo.

Akem: *"¿A que huele?"*, eleva los hombros estirando los gruesos labios, dejándole saber que no advierte nada.

A lo lejos se observa ya la pequeña arboleda que rodea la aldea pero están todavía muy lejos para divisar lo que ocurre. Ambos se detienen a observar colocando las manos por encima de las cejas pudiendo percatarse que sale humo por encima del las copas de los árboles.

Han notado la presencia del fuego, ese hambriento insaciable que devora la seca pradera, los poblados enteros, los animales; sin discriminar quien se interponga en su camino.

Naru: *"¡Corre Akem, se quema la aldea!"*, echa a correr dejando caer la gacela hacia atrás. Akem voltea a ver como cae, deseoso de detenerse a recogerla pero mira hacia delante viendo que Naru ya le lleva unos cuantos metros de ventaja y decide seguirle los pasos; pero cuando Naru decide correr no hay quien le alcance. Los veloces pasos le alejan de su compañero poco a poco hasta que se pierde entre la maleza y el espeso humo. Gritos, gemidos y lamentos comienzan a escucharse claramente aunque la visión es prácticamente nula, sólo sombras pueden distinguirse.

Las rudimentarias casas crujen envueltas en llamas, algunas mujeres echadas sobre el pecho de ancianos, esposos y pequeños, pueden ser vistas llorando sin consuelo en las calles de tierra a medida que va recorriendo el poblado. Desconcertado el joven Naru sigue sin explicarse lo que ha pasado, una nebulosa recorre sus pensamientos sin explicarse por que el fuego está devorando las casas y dando muerte a sus pobladores. Corre hacia su choza que como las demás está envuelta en llamas y sin pensarlo penetra en ella buscando a su madre sin tener éxito. Se acerca hacia algunas mujeres para preguntar, pero es tanto su dolor y la angustia que el nudo de su garganta le impide pronunciar sonido alguno.

Continuando con apurados pasos hacia el centro del poblado donde el humo se va disipando, se distinguen algunos muchachos de la tribu arrodillados y amarrados con gruesas sogas. Sólo viene a su mente el tratar de ayudarles, así que decide correr hacia ellos.

Militares de la guerrilla de la zona saquean los poblados sin compasión llevándose los alimentos, violando a las mujeres, llevándose a los más jóvenes y fuertes hacia sus campamentos para adoctrinarlos en su injusta lucha de guerrilla mercenaria.

Naru se abalanza sobre uno de los guardias que les custodia golpeándolo fuertemente en el rostro; dejándolo inconsciente. Desenvainando el cuchillo comienza a cortar las sogas de sus amigos cuando es golpeado furiosamente por la culata de un AK-47 en la parte posterior de la cabeza. Varios guardias se necesitaron para someter a Naru, aun aturdido lucha jalando a los guardias de un lugar a otro mientras es golpeado una y otra vez.

Todos los jóvenes del poblado son llevados a la parte posterior de un camión militar donde echados sobre el polvoriento suelo de madera intentan quitarse las sogas atadas a sus muñecas y tobillos. El Joven Naru despierta mientras observa su aldea en llamas, algunos de sus amigos le acompañan; puede ver desde allí entre las hendijas del camión a muchos de ellos tendidos con sus cuerpos sobre la árida tierra.

Probablemente no volverán a ver a sus padres ni a sus familiares nuevamente. Mientras se aleja el camión va levantando nubes de polvo. Sus ojos se nublan con lágrimas, éstas no son de dolor físico, son lágrimas de impotencia por no haber podido hacer nada por sus seres queridos, por no saber lo que pasó con su madre; por su futuro incierto.

La injusticia del mundo le va endureciendo el corazón paulatinamente hasta convertirlo en un hombre frio como una roca.

Hoy Naru ha vivido mucho, refleja lo que la vida le ha enseñado en ese rincón del mundo donde le tocó vivir; o mejor dicho… donde trata de sobrevivir. Para él la vida no vale más que el aire que respira, los objetos que ve y el agua que puede beber.

Sentado sobre una roca de la cueva donde espera por el canje, recuerda cómo llegó al campamento militar donde lo trataron como una bestia salvaje; le hacían hacer cosas brutales. Se alimentaba de carroña para resistir un día más, para alimentar también la esperanza de escapar y reunirse con su familia. Mataba a personas inocentes mientras le chantajeaban diciéndole que si no lo hacía, volverían a su pueblo y le harían cosas horribles a su madre. Muchas veces le castigaron con azotes, encarcelamiento en sucias cavidades de tierra y agua por muchos días donde las sanguijuelas pululan.

Una noche mientras la barraca donde dormía se encontraba desatendida por los guardias debido a sus constantes borracheras, logra escabullirse entre las paredes de madera rustica y el suelo de tierra seca. Un hoyo que lleva tiempo cavando con sus propias manos le sirve de salida. Se ha dejado crecer las uñas, afiladas como cuchillos para poderlas usar como herramienta mientras todos duermen; cubriendo luego el hoyo con paja seca y una vieja manta.

La suerte no le acompaña en el intento, es descubierto tras cruzar una zanja llena de fango. El movimiento en la misma alerta a uno de los guardias que rápidamente alumbra con su linterna hacia la zona; detectando a Naru. La alarma no se hizo esperar, hombres armados usando perros cazadores comienzan a perseguir las huellas del prófugo por la espesa jungla llena de peligros. Eso a Naru le tiene sin cuidado, está acostumbrado a toda clase de enfrentamientos mortales, su única esperanza es poder llegar hasta su poblado y buscar a su madre.

La vista al frente con un ideal a cuestas, los pasos firmes y veloces le impulsa hacia su meta, son los ingredientes necesarios para no flaquear. Va recorriendo la maleza tropezando constantemente por el cansancio y la falta de energía debido a la mala alimentación.

El ladrido de los perros cada vez lo escucha más cerca, mientras otro sonido proviene del frente, éste es un rugir continuo que se acentúa con cada paso. Los perros no le pierden el rastro, entre la oscuridad de la noche y los ladridos, disparan su adrenalina corporal haciéndole mover cada musculo eficazmente, pero…

Desafortunadamente uno de los perros le alcanza mordiéndole una pierna justo al llegar al borde del acantilado haciéndole perder el equilibrio; cayendo ambos al vacío. En la trayectoria logra sostenerse de una liana que va desprendiéndose cuesta abajo, las raíces son firmes capaces de sostener el peso; aún con el canino prendido a su pierna.

El rugir del gran salto de agua frente a él no le deja pensar, se abalanza inevitablemente sobre la enorme cortina de agua que brota desde la altura. Mientras se acerca, sus manos se aferran firmemente la liana, el perro continúa colgando del tobillo de Naru infligiendo un dolor que es incapaz de sentir en este momento. El choque de los cuerpos con la columna de agua, hace desprender al perro de su presa cayendo al oscuro precipicio; arrastrado por la furiosa corriente. Naru atraviesa la cortina de agua cayendo en una especie de caverna del otro lado. En su aparatosa entrada da algunos tumbos golpeándose con algunas rocas en la trayectoria quedando inconsciente.

Los militares al arribar al lugar donde los otros perros continúan ladrando descontroladamente, dan por terminada la búsqueda. Asumen que el prófugo ha muerto al pensar que es imposible escapar con vida de semejante caída. La gran caverna que oculta la catarata no se puede observar desde afuera, posee una inmensa puerta liquida que le sirve de protección al joven que yace adolorido en el interior; aprovechando la inconsciencia para reponer sus fuerzas.

A la mañana siguiente con los primeros rayos del alba, Naru despierta abriendo sus ojos uno a la vez. La visión es algo borrosa pero suficiente para echar un vistazo alrededor dejando escapar algunos quejidos. La caverna es amplia, tiene un alto puntal donde cientos de grandes murciélagos comienzan a llegar; colgándose boca abajo. Descansan luego de una larga jornada nocturna en busca de comida. La parte posterior de la caverna continua hacia otro lugar imposible de apreciar por la oscuridad en su interior. El suelo de la caverna es una mezcla de agua y guano donde sobresalen puntiagudas rocas muy filosas.

Naru abandona la caverna abriéndose paso como puede, su pierna desecha ya no sangra pero esta inflamada; claramente puede distinguir los agujeros donde se adhirieron los dientes del sabueso. Una vez fuera de la caverna se detiene ante unos arbustos donde selecciona algunas hojas que coloca con suavidad sobre su pierna herida. Amarra unos bejucos para que no se suelten, luego deshoja una rama que le sirve de muleta. Ésta le ayuda a andar, liberando así la pierna afectada de su gran peso corporal.

Recorre muchos kilómetros casi sin detenerse, sólo a beber agua. La idea del rencuentro con su madre le motiva a caminar sin descanso. Cuatro días han pasado desde que Naru emprendió camino a su aldea, la cual observa ya muy cerca pero sus fuerzas no le alcanzan. Debe llegar a toda costa, una nube negra empaña su vista mientras suelta la rama que le sirve de sostén. Estirando sus manos hacia delante pretende alcanzar su aldea, acariciarla con la yema de sus dedos. La respiración se hace pesada y la garganta está muy seca para poder gritar, aunque lo intenta en vano. Sólo emergen puros susurros desde su interior. Los cuarteados labios tiemblan pronunciando el nombre de su madre, mientras piensa: *"Ya estoy aquí…, tan cerca…, madre"*, el pesado cuerpo se desploma a unos pasos de la entrada de su choza todavía en ruinas.

Han pasado tres años desde que se llevaron los jóvenes del pueblo, varias casas han sido reconstruidas pero la de Naru seguía ahí, en escombros apilonados por el paso del tiempo.

Naru lentamente comienza a abrir los ojos, reposa en un lecho de tierra cubierto de cobijas de paja tejidas, como es costumbre en su aldea.

Lentamente trata de levantarse pronunciando el nombre de su madre. Aún está muy débil, la tos no le deja terminar de hablar mientras se va incorporando. Unos cariñosos brazos le rodean deteniéndole el impulso, haciendo que se recueste nuevamente.

Naru: *"¿Dónde estoy?"*, pregunta en voz baja moviendo la cabeza hacia los lados tratando de reconocer el lugar. La respiración incrementa el ritmo mostrando desesperación.

Poblador: *"¡No te muevas, conserva las fuerzas que aún estas muy débil!"*, exclama sosteniéndole por los hombros mientras toma una de las jarritas de arcilla. Acercándola a los labios de Naru, le ofrece agua. Los grandes sorbos le provocan tos nuevamente.

Poblador: *"¡Bebe despacio, no hay prisa!"*, las dulces palabras se apoderan de sus oídos rindiendo su cuerpo, pero no su lengua.

Naru: *"¿Quién es usted señor?"*, pregunta con voz entrecortada.

Poblador: *"¡Ay muchacho…!"*, vuelve a exclamar dejando escapar un suspiro mientras se pone de pie. Comienza a observar a través de una de las ventanas de la choza, continuando: *"Tu me conoces muy bien, sólo que no te acuerdas porque estas muy débil. Han pasado muchas cosas en estos años…"*.

Una suave y ardiente brisa penetra a través de ella haciéndole inspirar profundamente. Con una mano sostiene un bastón de madera tallado artesanalmente, mientras la otra esta posicionada en el pecho tocando con los dedos un collar de semillas de colores. La mirada se le ha perdido a lo lejos permitiendo que la brisa mueva levemente la blanca y abundante cabellera.

Naru: *"¡Sí, ahora te recuerdo bien!, aunque estas algo cambiado, tu pelo es mas blanco ahora"*, levantando levemente la cabeza observa que su pierna esta vendada y ya no siente dolor.

Naru: *"Eres el padre de Akem, perdona por no haberte reconocido... ¿Dónde está ese bueno para nada?"*, con mucho esfuerzo logra poner uno de sus codos sobre el lecho para apoyarse. La posición e inactividad le tiene el cuerpo adormecido.

Poblador: *"¡Mmmm...!"*, voltea la cabeza luego de llevar sus brazos detrás de la espalda comenzando a girar su cuerpo hacia él, continuando: *"¡Entonces no sabes nada!"*, dice moviendo la cabeza hacia los lados.

Naru ajeno, pregunta: *"¿Qué?, ¿Que tengo que saber?"*, le clava la mirada, pendiente a cada gesto suyo.

Poblador: *"Akem está bien, mejor que nosotros. Al igual que tu madre"*, hace una pequeña pausa que interrumpe de inmediato.

Naru: *"¿Donde están?, ¡Debo hallarlos!"*, con mucho esfuerzo se pone de pie. El padre de Akem hace el intento de ayudarle pero este se niega rotundamente interponiendo su brazo derecho entre ellos.

Poblador: *"Eres muy fuerte Naru cuatro hermanos. ¡Sígueme!"*, señalando con el bastón hacia la salida de la choza comienza a caminar despacio. Naru le sigue mientras contempla su vieja aldea. Todavía cojea un poco al andar pero el afán de encontrarse con su madre y su mejor amigo le hace olvidarlo.

Naru: *"¿A dónde vamos?"*, pregunta con impaciencia.

Tras pasar algunos arbustos al final del poblado...

Poblador: *"Aquí están"*, señala nuevamente con su bastón hacia una explanada llena de montículos de rocas apiladas que descansan sobre la cuarteada tierra, continuando: *"Todos están aquí, ya no sufren, ya no lloran, no tienen frio ni sienten hambre. En fin... están mejor que nosotros. ¿No es cierto?"*.

Naru: *"¡No puede ser!, ellos me dijeron todo este tiempo que estaba viva..."*, se arrodilla en el suelo desplomándose; la tristeza se apodera de su ser.

Poblador: *"Yo me encontraba en el pueblo vecino..., para cuando me enteré de lo ocurrido ya era demasiado tarde. Me llevó horas regresar, toda mi familia había desaparecido. Hoy te acuestas con alegría y al día siguiente no tienes nada"*, cuenta su historia centrando la mirada en varios montículos de piedras.

Naru: *"¿Como ocurrió?, ¿Dónde está?"*. Retornando hacia el calmado hombre, coloca sus grandes manos sobre los hombros, zarandeándolo.

El hombre con absoluta tranquilidad le retira las manos con un suave pase de su bastón y comienza a caminar hasta que se detiene ante otro montículo de piedras.

Poblador: *"lloró mucho por ti, el hecho que le arrebataran a su único hijo, al amor de su vida; la volvió loca. Lloraba a todas horas, no comía nada. Mucho le rogué para que lo hiciese, hasta que en pocos días enfermó y luego murió. Akem corrió lo mas que pudo pero una bala atravesó su pecho, sólo a los más fuertes les dejaron vivir; el resto de la historia ya la has vivido"*.

Naru acaricia las rocas como si fuese la piel de su madre, no puede evitar que con cada lágrima que brota de sus ojos el corazón se recubra de una coraza de hierro.

Poniéndose de pie cierra sus puños clavando la mirada en el horizonte mientras exclama en voz alta: *"¡A partir de hoy no habrá hombre o bestia que se cruce en mi camino. Si quieren que sea un mercenario, lo seré..., tan sólo por ver un día más. Seré el mejor, el más capaz, el más odiado, el más temido, el más recordado. Me llamarán Mauaji..., lo juro!"*.

Desde ese momento Naru ha dejado de ser el humano humilde que ayudaba en su tribu, el que jugaba con sus amigos y respetaba a sus ancianos. Su ser interior ha dado un vuelco drástico; hundiendo los nobles sentimientos, permitiendo de esa manera que florezca su lado oscuro.

TODO UN ÉXITO

Capítulo 10

Una perfumada fémina de redondeadas curvaturas yace sobre la cama. Su mirada se pierde a lo lejos a través de la ventana del segundo piso, la cual se escabulle entre el follaje del fornido árbol de en frente, llevando sus pensamientos a rastras. Un musculoso brazo la protege, le bordea la delgada cintura llegando hasta donde se entrelazan los dedos como las ramas y el algodón. La luz de la calle penetra iluminando parcialmente las blancas y arrugadas sabanas mostrando los vestigios de la batalla.

Danny que plácidamente se moldea detrás de su amada, despierta en un instante tras un suspiro y un leve movimiento del tórax de Kelly. Su sueño es tan ligero que podría sentir una mosca en la habitación y despertar al instante, por lo que pudiéramos decir que casi duerme despierto.

Pendiente del suspiro, se incorpora apoyando el codo sobre la cama, desenreda los dedos para introducirlos luego en las turbulentas ondas del largo y negro cabello ante sí, seguido de tibios besos que no la hacen reaccionar; parece estar poseída por el mas allá.

Danny: *"Belleza, ¿Estás ahí?"*, le pregunta al observar que tiene los ojos abiertos.

Un pequeño momento de letargo preceden a sus palabras.

Kelly: *"Mmmm"*, emite un sonido y se estira arqueando el cuerpo sin darse vuelta, diciendo: *"Sí, estoy"*, contesta con el último aliento del bostezo.

Danny: *"Te creía dormida"*.

Kelly: *"No, sólo pensaba"*.

Danny: *"¿Pensabas en mi?"*, le pregunta susurrándole al oído, lo cual le hace sonreír.

Kelly: *"En muchas cosas..., en nosotros, mi vida, lo que paso cuando nos enamoramos"*, la mirada de Kelly retorna a la habitación moviendo los ojos hacia los lados.

Danny: *"Es bueno pensar en esas cosas, siempre recordaré cuando te declaré mi amor. Lo hermosa que estabas ese noche con los destellos de luz sobre tu rostro en la pecera de aquella tienda"*.

Kelly vuelve a sonreír antes de decir: *"También lo recuerdo, fue muy lindo..., pero también recuerdo otras cosas no tan agradables"*, su rostro se llena de tristeza decidiendo voltearse frente a él.

Danny: *"¡Yaaa, yaaa, shhh....!, eso pasó hace tiempo. Trata de olvidar las cosas que no valen la pena recordar"*, la abraza apretándola contra su pecho quedando ambos inmóviles por un largo periodo de tiempo.

Kelly: *"¿Sabes?, hay cosas que no te he contado y me gustaría que las supieras. No me siento bien guardándolas aquí dentro"*, el comentario sorprende a Danny. Aunque no duda de su amor, ha logrado que le pique el bichito de la intriga.

Danny: *"¿Hice algo inadecuado, algo que te haya desagradado?*, se aleja un poco poniendo cara de asombro.

Kelly: *"No, tontín..., ¡escúchame!"*, se le nota el alivio en el rostro luego de exhalar. Ella lo mira dudosamente para luego decirle: *"No pretendo que me entiendas, sólo quiero que me escuches hasta el final y no me interrumpas, ¿De acuerdo?"*.

Danny: *"¡De acuerdo!"*, lo afirma llevándose una mano al pecho mientras se acomoda dejando la cabeza apoyada sobre la otra mano.

Kelly comienza a explicar los sucesos ocurridos en el pasado lentamente pero con matices de ansiedad, el revivir las angustias del pasado es doloroso para ella, en especial si las cosas que dice son difíciles de creer.

Kelly: *"Puede que pienses que estoy loca de remate al contarte estas cosas que me ocurrieron, nunca se las había comentado a nadie, ni a mis padres. Ellos serían los primeros en tratar de buscarme alguna ayuda psicológica y créeme que no estoy loca"*. Danny sabe muy bien de lo que le está hablando; aunque no con detalles específicos. Los sueños suelen ser muy confusos y no siempre las cosas se recuerdan con claridad.

Hasta que...

Kelly: *"Y allí estaba él"*, Danny abre los ojos prestando mucha atención, mientras continua: *"Con frecuencia se aparecía en esos raros sueños para ayudarme"*.

Danny: *"¿Pero quién era esa persona, cómo se llamaba?"*, insiste conteniendo la risa sin que se diese cuenta.

Kelly: *"¡No lo sé, se hacía llamar Dreamman!"*, gesticula con sus manos en el aire recostada sobre su espalda en el colchón, haciendo pequeñas pausas tratando de recordar.

Danny: *"¿Pudiste reconocer a esa persona?, ¿Se parecía a alguien conocido?"*, vuelve a indagar tratando de saber más, ahora que ha abierto las puertas de su interior.

Kelly: *"No, llevaba un traje engomado de camuflaje, con colores donde predominaban el marrón y el verde. Además, llevaba una máscara de cristal que le cubría el rostro"*, hace otra pausa y continúa: *"Ah, y poseía un látigo que se le enroscaba alrededor del cuello formando una letra "D" sobre el pectoral izquierdo"*.

Danny: *"¡Oye..., sí que te fijaste bien!"*, le revira los ojos haciéndole creer que esta celoso.

Kelly: *"¡Bobo!"*, estira los labios cual bebé haciendo pucheros.

Danny: *"No te preocupes mi amor, yo no soy nadie para juzgarte y mucho menos pienso que estés mal de la cabeza; más bien pienso que eres hermosa de la forma que eres"*, se incorpora sentándose en la cama cruzando las piernas para luego sostenerle la cabeza de ambos lados, continuando: *"Además, si fuese cierto... me da igual. Quiero estar con esa cabecita loca toda mi vida"*, la llena con una avalancha de besos.

Ella no puede contener la risa empujándolo hacia atrás para luego caerle encima. Cubre con su frondoso cabello azabache todo su rostro, hasta unir ambas frentes. Él deposita sus anchas manos en su cintura atándola fuertemente para que no escape.

Kelly: *"¿Ahora vez lo loca que estoy?, él ha venido varias noches a conversar, me cuenta cosas y me ayuda cada vez que tengo pesadillas"*, le susurra muy cerca de sus labios. Cuando él pretende besarla, ella se aleja sutilmente para provocarle.

Danny dulcemente se le acerca nuevamente. En su interior se siente amado, aunque celoso de sí mismo. Compartir el amor de su vida con un ser misterioso de los sueños no le hace mucha gracia; aunque sepa que es él mismo.

Los besos continúan desembocando en caricias que perduran, haciendo rendir a un par de cuerpos conectados en uno solo. Ambos impregnan a la habitación de un jadeo que semeja a canes cansados luego de perseguir su presa durante millas. Es fascinante el cariño que se tienen, las horas del día no bastan para demostrar su amor.

Un par de horas más tarde…

Kelly en su sueño camina por los pasillos del hospital buscando algunas historias clínicas de pacientes, el vientre se le ve distendido. El embarazo lo lleva algo avanzado, notándose por encima de su blusa. Al llegar al elevador principal del hospital se inclina para presionar el botón, cuando… su mano derecha es sujetada rápidamente por otra. El susto le hace estremecer su cuerpo en la cama.

Danny: *"Perdona por asustarte, ¿Hacia dónde vas?"*, pregunta girándola suavemente. Sabe que no debe asustarla, su embarazo es muy preciado para ambos, continuando: *"No debes trabajar mientras descansas, ¿Lo sabes?"*.

Kelly: *"¡Tal parece que no te aburres de verme!, ¿Me estas persiguiendo?"*.

Danny: *"Es que como veo menos que los demás, el médico me recomendó que te viera el doble"*, ambos ríen de sus tonterías. Le pasa el brazo por encima de los hombros echando a caminar por el pasillo, al mismo instante que dice: *"¿Por qué mejor no nos vamos de paseo a un lugar tranquilo y acogedor?, ¡Que te parecen las islas Maldivas!"*.

Súbitamente el entorno se transforma en blanca y fina arena bajo los descalzos pies, las pencas de los cocoteros se mueven a medida que caminan para cobijarlos con la sombra. El agua del mar rompe a lo lejos llegando muy quieta hasta los tobillos atrayendo consigo los hermosos colores turquesa y cristalina frescura; incluyendo los coloridos peces que a su alrededor comienzan a nadar.

El sol baña la piel sin quemarla, hasta que..., Todo se detiene súbitamente.

Danny: *"¡Perdona mi amor!", no creo que estemos listos con esta ropa"*, los atuendos cambian apropiadamente al instante. Unos pantaloncillos cortos a media pierna de color beige la adornan con una blusa de encajes blancos. Los hombros los lleva al descubierto, algo holgada hacia la cintura para que no se sienta incomoda; los pies desnudos para poder sentir el contacto con el agua y la fina arena.

Él lleva de igual manera unos pantaloncillos a media pierna de color azul claro que hacen juego con el entorno. La camisa la lleva en la mano para recibir la brisa directamente, exhibiendo la musculatura.

Comienzan a caminar de la mano por un puente que conecta la orilla de la playa con una cabaña de madera adentrada en el sereno mar. A medida que avanzan por el entablado de unos dos metros de ancho, los peces voladores cruzan en ambas direcciones formando una especie de túnel. Kelly no puede creer lo que están presenciando sus ojos, todo es cautivador y no quisiera despertar jamás.

Al llegar a la cabaña de madera observa que está hecha de gruesos troncos barnizados, muy brillantes. El techo es de alto puntal cubierto de paja, exquisitamente organizada semejando trenzas. El espacio es amplio con pocos muebles, una mesa central repleta de frutas tropicales forman parte de la decoración. El piso es de cristal, a través del cual se visualiza el desfile que acontece bajo el agua. Se puede caminar alrededor de la cabaña, posee un portal que cubre los cuatro costados con adornos marinos en sus paredes. Anchas Hamacas de color blanco se mecen suavemente invitando a recostarse.

Ambos llegan hasta una esquina del portal tomados de la mano; Kelly continua atónita. Danny se recuesta al tronco que sirve como columna dándole una media vuelta al bello cuerpo de la doctora; recostando la espalda contra su pecho. Luego abrazándola, entrelazan las manos nuevamente quedando los rostros unidos contemplando el esplendor del paisaje.

El sol como pelota gigante rebota en el horizonte incesantemente sin ocultarse jamás, repitiendo una y otra vez los inconfundibles matices de la aurora y el ocaso. Cualquiera diría que se encuentran en una playa del polo norte donde el sol no se oculta durante medio año, sólo que sin el intenso frio y con una paradisiaca vista.

Los gruesos y masculinos labios se le acercan al oído de Kelly susurrando: *"¿Se te antoja algo de comer o beber?"*, el cosquilleo producido en el oído le hace retirar la cabeza con el cuello retorcido hacia el lado opuesto con una media sonrisa.

Kelly: *"Se me antoja... un jugo de manzana bien frio"*, no acaba la frase cuando del agua emerge una copa de coral rojo pulido sobre una bandeja de abanicos marinos, sostenida por una cristalina columna de agua. Desde dentro de la paja del techo unas ramas descienden haciendo brotar flores que caen sobre ellos, originándose posteriormente las manzanitas que crecen hasta lograr un tamaño natural de color amarillo; luego se exprimen entre sí dejando caer el zumo dentro de la roja copa.

Algunas ráfagas de viento se acercan desde lo lejos hacia ellos, acto seguido cambian de dirección hacia arriba, descendiendo posteriormente en forma de pequeños cubitos de hielo.

Éstos caen dentro de la copa comenzando a enfriar el néctar de manzana, haciéndola sudar por fuera.

Maravillada no tarda en beber el anhelado líquido que refresca su garganta, todo parece tan real que no quiere despertar y vivir allí para siempre.

Como todo un caballero la ayuda a sentarse en la silla, pero él no lo hace. Permanece de pie por un instante mirando alrededor como buscando algo perdido. Respira profundamente y se arrodilla hincando su rodilla derecha en el suelo ante ella. Por debajo de la mesa se asoma una pequeña perrita chihuahua de color blanco que salta hasta la rodilla elevada de Danny; lleva una cajita negra entre sus dientes y en su cuello un collar con una medalla donde se lee *"Cookie"*. Danny sostiene la perrita con una mano para que no se deslice y con la otra asegura que no deje caer la caja; la cual retira de su boca.

Kelly en su asombro lleva ambas manos a su cara. Danny con una tos forzada aclara la voz y abriendo la pequeña caja, dice: *"¡Kelly Méndez!..."*. Ella asustadísima, siente que su corazón galopa a toda marcha mientras él finaliza: *"¡Despierta!"*.

Kelly despierta sola en la cama mirando a su alrededor tratando de retener la belleza de su sueño. La tristeza la envuelve después de haber sentido algo maravilloso que sólo los sueños son capaces de mostrar. Se levanta aturdida, con hambre y comienza a recorrer la casa en busca de su amado para contarle lo que le había sucedido.

Danny: *"¡Estoy afuera!"*, sus pasos se desvían tomando el rumbo hacia el patio de donde ha escuchado salir su voz. Al llegar descubre que la mesa junto al canal se encuentra servida: con frutas, jugo de manzana fresco, acompañado de unas decoraciones de corales, abanicos marinos y para su total asombro; bellas y finas copas de cristal rojo.

Kelly: "¿Y esto que significa?, pregunta desconcertada.

Danny se abalanza llegando muy cerca de su oído para preguntarle: *"¿Se te antoja algo de comer o beber?"*. Ella no puede creer que está viviendo un *Déjà vu*. Le están ocurriendo los mismos sucesos del sueño; sólo que en un ambiente real y totalmente consciente.

Tirando de la silla, él la invita a sentarse. Accede dudosa sentándose sin perderle pie ni pisada. Como en el sueño, él permanece de pie mirando alrededor. Ella anonadada, exclama en voz baja mirando hacia los lados y llevándose las manos a su rostro: *"¡No, no puede ser!"*.

Danny se arrodilla ante ella afincando la rodilla derecha en tanto la chihuahua blanca sale de debajo de la mesa y se trepa sobre el muslo izquierdo del galán. Lleva un collar donde cuelga una medalla rotulada donde se lee *"Cookie"*.

Kelly ha comenzado a derramar lágrimas que no ha podido contener, mientras piensa: *"Ahora no me podrá decir que me despierte, porque si esto es otro sueño... creo que no lo resistiría"*, se pellizca para comprobar que no lo es.

Danny abre la pequeña cajita negra la cual contiene un anillo de diamantes, a la vez que le dice: *"¡Kelly Méndez!..."*, ella no le deja ni comenzar, abre sus brazos lanzándosele encima. La perrita Cookie salta de la pierna de Danny justo a tiempo para no ser aplastada por tan eufórica reacción. El impulso les derriba al suelo y ella comienza a besarlo, diciéndole: *"Sí quiero, sí quiero ser la señora López"*. Al verla tan feliz la besa enardecidamente. Su plan de petición de matrimonio ha sido todo un éxito.

INEXPLICABLE

Capítulo 11

Las tardes africanas son como ninguna otra. El calor del día se va disipando hacia las capas más altas de la atmosfera mostrando una amplia gama de colores en el horizonte; en especial cuando se cursa el cielo en un helicóptero privado lleno de comodidades, como las que posee Volkov. Serguei es un amante de los lujos sin escatimar los costos, algo por lo que ha trabajado sin descanso durante toda su vida. Le apasiona el peligro, jugar con fuego aunque se queme de vez en cuando es uno de sus deportes favoritos.

Todas las preocupaciones por un instante han quedado rezagadas ante el hermoso atardecer. La selva semeja un océano de color esperanza que se mueve debajo de él. Las olas suben y bajan dependiendo del tamaño de los frondosos árboles y de la irregularidad del terreno. Es un espectáculo maravilloso.

Una vez que el sol se ha puesto, vuelve Volkov a ensimismarse profundamente en sus pensamientos. Elevando una de sus manos hasta el nivel de los hombros, abre los dedos en espera. Uno de los guardias de su escolta personal, le coloca un vaso con hielo vertiendo posteriormente con suavidad su licor favorito.

El sonido del celular satelital distrae su meditación, le da un último sorbo al trago atendiendo la llamada.

Volkov: *"¿Por qué has tardado tanto en contestar?, bien sabes que no me gusta que me hagan esperar"*, el sonido mecánico de su exoesqueleto suena varias veces queriendo levantarse, hasta que reacciona percatándose que lleva abrochado el cinturón de seguridad. Continúa permaneciendo sentado: *"Si, ya estoy recibiendo las coordenadas, espero que tengas listo lo que dices tener. ¡No me decepciones...!"*.

Una pequeña espera transcurre antes de que ría sarcásticamente, exclamando: *"¡No, no..., no es una amenaza, sólo espero que no malgastes mi valioso tiempo!"*, colgando el celular vuelve a estirar su mano pidiendo otro trago; ahora con el vaso en su mano.

"¡Petrov!", se refiere a uno de sus guardias sin apartar la mirada de la ventanilla del helicóptero: *"¡Prepárense!, nadie es de fiar y mucho menos esta gente. Recojamos lo que hemos venido a buscar y larguémonos de inmediato"*. Los guardias inspeccionan el armamento garantizando que todo esté en orden y listo para actuar si fuese necesario.

Por otra parte en la casa de descanso del presidente...

Suena el celular presidencial, al cual atiende directamente la máxima figura.

Presidente: *"Le escucho"*, se pasea de un lado a otro de la sala esquivando los muebles. Posiciona la mano libre por debajo del codo del brazo que sostiene el celular, continuando: *"Comprendo, tomen las medidas necesarias..., el código es ALFA, TANGO, ZULU, CUATRO"*.

Colgando el teléfono celular lo guarda lentamente en su bolsillo izquierdo, mientras que con el dedo índice de la otra mano, comienza a tocar cuidadosamente la punta de su nariz a la vez que piensa en la conversación sostenida. Los servicios de inteligencia acababan de interceptar la conversación entre Serguei Volkov con el general Tilaq acerca de la venta de los frascos del extracto de Asteleflex Péndula (AP-23); además de las coordenadas.

La orden ha sido dada. Luz verde para el ataque encubierto del comando elite SEAL que se encuentra ya en suelo africano, pero la inquietud del presidente está en si llegarán a tiempo para evitar el contrabando.

Presidente hablando en baja voz: *"No puedo arriesgarme, debo utilizar todos los recursos necesario para detenerlos. Además, sería una muy buena forma de ponerle a prueba"*.

Sacando nuevamente el celular del bolsillo teclea en el Twitter: *"Soñador número uno, le necesito ahora mismo"*, seguido de unas coordenadas satelitales. Acto seguido se recuesta cómodamente en el sofá y cerrando los ojos, piensa: *"¡Veamos si funciona una vez más!"*.

En ese mismo instante en la consulta de pediatría...

Danny conversa con un colega en su oficina cuando..., su celular emite un sonido característico que ha pre-seleccionado para alertarle cuando recibe mensajes del Twitter. Inmediatamente se excusa con el colega prestando atención al mensaje recibido.

Danny: *"Lo siento mucho, debo atender algo. Discutiremos el proyecto en otro momento"*, se excusa con el colega llevándole prácticamente del brazo hasta la puerta.

Colega: *"No se preocupe, no es nada urgente, pero si es algo que me gustaría que hiciéramos aquí en el hospital"*, Danny sonríe y va cerrándole la puerta lentamente hasta despedirse.

Danny: *"De acuerdo le llamo más tarde"*.

De un salto cae frente al ordenador entrando las coordenadas en la aplicación Google Earth. El resultado obtenido es una ubicación desconocida para él, la casa de campo donde suele descansar el presidente y su familia. Evidentemente el presidente necesita informarle de su nueva ubicación para concertar la cita.

Atrapando velozmente el teléfono del escritorio llama a la enfermera por el intercomunicador: *"Por favor no me pase llamadas ni pacientes hasta que le avise, no quiero interrupciones por el momento"*.

Enfermera: *"Muy bien Doctor. De hecho, ya no hay pacientes en el consultorio"*.

Danny: *"¡Genial!"*.

Acomodando la silla hacia atrás, inclina su torso hacia delante para acercarse a la pantalla. Aunque haya perdido visión, con la ayuda de los gruesos lentes puede obtener una imagen 20/20. Observa minuciosamente cada detalle de de la pantalla para poder llegar al destino sin contratiempos. Memoriza cada posición del lugar cuidadosamente hasta que hace una inspiración profunda cerrando los ojos. Su cuerpo se desliza suavemente hacia atrás acomodándose en el espaldar de la silla dejando salir el aire; comenzando a respirar lentamente.

Inmediatamente comienza a adentrarse por el pasadizo que le lleva hacia el centro de la Madeja, los colores grises y azules se reflejan en su cuerpo como destellos mientras avanza a gran velocidad hacia una luz blanca al final del túnel. A Danny le fascina adentrarse en el mundo fantástico de los sueños, cada vez que lo hace se siente como en casa.

Al llegar al inmenso espacio de color blanco brillante imagina cada detalle visto hace unos minutos en su ordenador, haciéndolos aparecer instantáneamente unos tras otros con sólo pensar en ellos: caminos, carreteras, arboles, casas, todos los detalles conforman la ubicación exacta llevándole geográficamente en milisegundos hacia la zona que ha representado en el Centro de los Sueños. Ya estando posicionado en el lugar deseado, retrocede por el pasadizo de regreso hacia la vigilia nuevamente; pero esta vez su destino no es ese, en cuanto comienza a avanzar por el pasadizo, desliza su cuerpo entre las paredes del mismo para atravesarlo y de esa forma mantiene la posición geográfica deseada del lugar, cayendo al vacio como un paracaidista.

Al llegar abajo reconoce la casa desde donde un conducto emerge hacia el Centro de los Sueños. Tiene un matiz rojizo y el característico sonido de perturbación inminente. Se acerca deseoso de llegar mientras va dejando una estela luminosa por detrás de sí en su andar. Sólo un conducto se puede apreciar en la zona, debido a que es de día y no muchas personas duermen mientras el sol ilumina. Éste en particular, sigue manteniendo su forma tortuosa de color rojizo y aquel sonido que a Danny no le hace mucha gracia, pero entiende que son innumerables las preocupaciones del presidente de la nación más poderosa del mundo.

Una ampolla brillante cubre el cuerpo con un rostro conocido para él, la imagen de aspecto fantasmal del presidente yace inerte en ella descansando aparentemente; aunque su conducto diga todo lo contrario. Extendiendo los brazos se sumerge en la ampolla, desapareciendo en el conducto que le conducirá hacia su objetivo. *"¡Menuda forma de viajar en el planeta ha encontrado nuestro héroe!, ¿Verdad?"*.

Como de costumbre recubre su piel del engomado traje de camuflaje donde resalta el verde y el marrón. El látigo recorre su cuello conformando a letra *"D"* que descansa sobre el pectoral izquierdo. El cristal de su máscara recorre todo el rostro sellando finalmente su identidad. Con cada metro que avanza la incertidumbre aumenta. *"¿Que puede ser tan perturbador esta vez?"*.

El conducto se ensancha finalizando en un lugar lleno de nubes, impidiendo la visibilidad. Desorientado, comienza a descender lentamente. Es bien sabido por él que los sueños son muy impredecibles y peligrosos. En el descenso se escucha un sonido que se aproxima a gran velocidad; éste provoca que comience a mirar hacia todos lados tratando de localizarlo, pero es imposible, la visión está muy comprometida.

Un susurro se escucha por su oído derecho, proviene de una voz desconocida pasando rápidamente sin poder descifrar bien el mensaje. Danny pone cara de asombro creyendo que escuchó algo, pero lo ignora.

Nuevamente el susurro aparece por el oído izquierdo. La voz, esta vez más clara, le dice: *"muévete hacia la derecha"*.

Danny desconcertado hace un movimiento de los ojos hacia el lugar de donde provino la voz, haciendo caso al susurro se mueve hacia la derecha cuando el sonido ya lo tiene encima. Un avión de combate de la segunda guerra mundial pasa muy cerca de donde se encontraba. Al pasar…, le hace flotar descontroladamente por un instante. De no haberse movido como el susurro le indicó, las hélices le hubiesen despedazado.

Reponiéndose ante el susto recibido sigue con los oídos el sonido que se aleja, luego gira; acercándose nuevamente. Otro susurro le toma por sorpresa: *"Toma velocidad lo mas que puedas a favor de la dirección del sonido"*.

Danny prestando mucha atención, obedece volando a mucha velocidad. El sonido se va acercando, esta vez lentamente y ligeramente por debajo de él.

Luego de unos segundos en marcha, escuchando el sonido del avión de combate. Aún sin verle, se le va acercando cautelosamente. La visibilidad entre las nubes es escasa, incrementando su curiosidad. Una vez cerca se da cuenta que el piloto no es otro que el presidente, éste al ver a Dreamman volando por encima de sí, le indica con una de sus manos que mire hacia atrás a la vez que dirige el avión hacia abajo.

Dreamman: *"Pero… ¿Qué está haciendo, por que se aleja?"*, siguiéndole en el descenso una vez por debajo de las nubes donde comienza a verse el paisaje claramente, advirtiendo que están siendo perseguidos por otros dos aviones de combate; los cuales al tener mejor visibilidad abren fuego contra ellos.

Dreamman: *"¡MADRE MIAaaa…!"*, sin perder tiempo persigue al presidente pero lo único que logra es concentrar el fuego enemigo sobre ambos, por lo que decide alejarse. De esa forma divide la fuerza de los atacantes. Comienza a volar bajo haciendo maniobras hacia los lados, hecho que le resulta un poco más difícil a su rival. Las enormes balas silbaban al pasar por su lado acelerándole el corazón a mil por hora. En la oficina de pediatría Danny recostado en la butaca de su buró hace algunos movimientos leves con su cuerpo percibiéndose una respiración acelerada e intranquilidad.

Recorre un largo trayecto sin lograr desviar la atención del atacante. Otro susurro le alcanza nuevamente sus oídos: *"Piérdelo en las nubes…"*.

Sin pensarlo dos veces, con un giro de casi 90 grados hacia arriba se dirige hacia las nubes donde pierde momentáneamente al agresor. Usando su mano derecha extendida como radar, va girando hasta encontrar la dirección del avión del presidente para posteriormente dirigirse hacia él. A medida que se acerca vuelve a advertir la presencia de los otros dos aviones detrás de ellos. Sabe que no tiene tiempo que perder, así que decide poner en práctica un plan para abatir al enemigo definitivamente.

Posándose sobre el cristal del avión, imagina ventosas en su traje. La parte ventral del mismo se transforma en algo pegajoso que se adhiere a la superficie del cristal firmemente, quedando acostado sobre el avión con la cabeza y brazos sobre el cristal delantero de la cabina. Luego comienza a hacer unos gestos con sus manos sugiriéndole al presidente que deberían hacer una maniobra que aunque peligrosa podría resultar provechosa. Le indica que irá hacia el frente para luego regresar hacia él y que una vez frente a frente debe girar a la derecha. Éste con su mano derecha cerrada extiende el pulgar hacia arriba en forma de aprobación. Respondiendo Dreamman de la misma forma, invierte el efecto de su traje desacoplándose del fuselaje. Vuela a gran velocidad hacia el frente, los atacantes continúan acercándose a la cola del avión caza del presidente disparando sus ametralladoras, cuando… justo en frente de ellos aparece Dreamman nuevamente. Con su mano derecha empuña la parte recta de la letra "D" sobre el pectoral provocando que se desenrede el justiciero látigo de su cuello, para una vez libre, comenzar a brillar despidiendo gotas de lava incandescente hacia atrás.

A punto de colisionar el avión del presidente contra el Héroe de los Sueños, hace un giro a la derecha como lo habían planeado evitando la envestida. Una vez con el mandatario fuera de la mira, comienza a girar produciendo un efecto en espiral de su látigo pasando muy cerca del primer avión enemigo, justo por debajo y centro del mismo. La máscara de cristal va reflejando con cada vuelta los limpios cortes que va infligiendo sobre la nave, fraccionándola en varios pedazos. El piloto enemigo no puede hacer otra cosa que abrir desmesuradamente los ojos y afortunadamente para él, catapultarse antes de que estallase en llamas el aparato.

El otro piloto al ver lo ocurrido desiste de la persecución tomando un rumbo incierto lejos de ellos. Dreamman se detiene flotando en el aire para ver como cae lentamente el paracaidista que pasa muy cerca de él. Éste le mira muy asombrado, mientras Dreamman con el dedo índice elevado, le hace un pequeño bamboleo hacia los lados.

El avión del presidente pasa por delante de ellos llamando la atención del titán de las maravillas del descanso; dejando de entretenerse para perseguirle. Al llegar hasta él le señala hacia abajo para que aterrice diciendo en alta voz a sabiendas que no le escucha: *"¡Debe aterrizar!".* Al constatar que no capta sus palabras, opta por el método más corto y efectivo, evacuarlo. Posicionándose justo sobre la cabina en posición horizontal, abre el cristal de la nave y corta con la punta del látigo el cinturón; sacando posteriormente al presidente.

Sosteniéndole firmemente con sus fuertes brazos alrededor del cuerpo, le dice: *"Lo siento presidente pero no dispongo de mucho tiempo en estos momentos, lamento que sea de esta forma la conversación"*. Mientras descienden, el presidente prácticamente con el corazón en la boca observa el panorama maravillado.

Presidente: *"Si, si... no se preocupe ya estoy acostumbrado a salir de los aviones, aunque nunca de esta forma. No recuerdo haberme catapultado, ni cuando era piloto en la guerra"*. La voz temblorosa lo hace aparentar ser humano y no de la forma en que se le ve en los discursos por televisión.

Dreamman: *"Quisiera agradecerle que me indicase hacia donde debía moverme, fue de gran ayuda"*.

Presidente: *"No sé de qué me habla, no le he dicho nada"*, Danny extrañado gira su cabeza a un lado pensando quien habría sido entonces, pues claramente él estaba convencido de que escucho voces.

Dreamman: *"Una vez más me disculpo presidente, pero... ¿Que es tan importante y debe decirme?"*, finalizando la pregunta, ambos llegan al suelo. El presidente se estira el uniforme de piloto a la vez que da unos pasos al frente volteándose luego frente a él.

Presidente: *"Gracias por venir Dreamman, has demostrado no sólo tu valentía, sino tus habilidades como guerrero. Estoy muy honrado de haberte conocido y poder contar con tu ayuda. ¿Cierto?"*, le pregunta haciendo cortos movimientos de la cabeza hacia arriba, elevando algo las cejas, a la vez que lleva los brazos hacia la espalda.

Dreamman: *"Absolutamente, creo haberle demostrado que puede contar conmigo cuando me necesite"*, el héroe ladea la cabeza cruzando los brazos frente a su pecho y entreabriendo las piernas para demostrarle que la pregunta está de más.

Presidente: *"Bien, bien..., quería estar seguro de su determinación antes de decirle la importancia de su visita"*.

Comienza a caminar de un lado a otro sin soltar sus manos de la espalda mientras juega con su anillo de compromiso, continuando: *"He enviado un grupo elite que se encuentra en una zona de África para tratar de recuperar lo que hemos perdido. Tenemos la supuesta localización del lugar"*, detiene su caminar una vez que le interrumpen...

Dreamman: *"¿Entonces para que me necesita?"*, comienza a impacientarse.

Presidente: *"¡Ahí es a donde quiero llegar! Se está tramando un intercambio de nuestro producto entre un grupo guerrillero y los rusos en las próximas horas, pero temo que nuestro comando no llegará a tiempo para detener el canje"*, se voltea rápidamente para sostenerle de los hombros, continuando: *"¡Necesito que impidas a toda costa ese negocio, de ninguna manera el extracto de AP-23 debe caer en manos de Serguei Volkov y los suyos!"*.

Dreamman: *"¡No se preocupe señor presidente, hare todo a mi alcance para impedirlo!"*.

Las instrucciones y detalles de la operación fueron dados en la reunión, los datos de la ubicación geográfica, los pormenores de cada grupo armado, incluyendo el del grupo de apoyo de los NAVY SEAL.

Presidente: *"¡Y eso es todo Dreamman, puede retirarse!"*, la imperativa voz del presidente hace sentir a Dreamman como un oficial de alto rango dentro de las fuerzas armadas de su país. Orgullosamente respira profundo elevando nuevamente su puño derecho con enfática energía, esta vez hacia el pectoral izquierdo donde reposa su emblema, elevando el codo hasta quedar ambos en una posición horizontal. La postura firme y erguida hace corresponder al presidente con el clásico saludo militar, llevando la mano extendida con todos los dedos alineados muy cerca de la ceja derecha.

Dreamman desaparece dejando al presidente lleno de preguntas e incertidumbres, diciendo para dentro de sí: *"¡Que Dios nos guíe y nos proteja!"*.

Abandonando el sueño presidencial hacia el espacio inter tubular, debe acceder a otro para poder regresar a la oficina de una forma rápida. De otro modo, tendría que viajar la enorme distancia entre los dos lugares. La Madeja sin dudas es su máquina del tiempo y espacio.

No muy lejos de allí otro conducto con conexión puede divisarse. Llega a él con prisa, no quisiera ser sorprendido durmiendo en la oficina; aunque la ha cerrado con llave. Además debe hallar una escusa que pueda convencer a Kelly por unas cuantas horas.

Tras introducirse en el otro conducto llega a la Madeja escuchando nuevamente el susurro: *"Danny..., Danny..."*.

Danny: *"¿Pero qué demonios...?"*.

Retrocede por el conducto velozmente hasta despertar sobresaltado. Sentado en la silla de su escritorio mira hacia todas partes. En otras ocasiones cuando han tratado de despertarle ha tenido la sensación de que escucha a la persona que le quiere despertar, pero esta vez es diferente. La voz es muy real y pasa como un soplido muy cerca de él. Además a su alrededor, no se observa nadie.

Llevando sus manos a la cara habla en voz baja: *"¡Estoy cansado...!"*, mantiene la cabeza baja hasta que la levanta asustado: *"¿Me estaré volviendo loco que estoy escuchando voces?"*.

Le invade un momento de inquietud e inseguridad, continuando: *"Naaa..., es sólo cansancio. ¡Debes descansar más Dreamman!"*, se auto consuela empujando el cuerpo hacia el lavamanos donde refresca el rostro y el cuello sin secarlos; frías y atrevidas gotas recorren la espalda hasta lo más intrincado de sí en la porción más baja, provocándole risa.

BENDECIDO

Capítulo 12

Los sonidos selváticos momentáneamente disminuyen por causas ajenas a los animales del hábitat. Podría compararse con las luces de la ciudad que se van apagando por sectores a medida que el fallo eléctrico avanza; hasta que llegando a una posición se detiene.

De entre los arbustos afloran raras formas prácticamente invisibles, se mezclan con el entorno tan eficazmente que aunque alguien estuviese observando en esa dirección difícilmente las notaria. Forrados de ramas y hojas, pintados con fango sobre el rostro, uniformes que armonizan con el paisaje y lentos movimientos; poseen un camuflaje casi perfecto. Uno de los hombres de la escuadra élite de los NAVY SEAL explora el terreno usando binoculares nocturnos. Al finalizar el sondeo desaparece entre el follaje lentamente.

Teniente Jones: *"¡Reporte sargento!"*, con tenue voz habla por el equipo de comunicaciones que le rodea el cuello, el cual oprime con su dedo pulgar para activarlo. De igual forma el sargento corresponde con el movimiento en su cuello a la distancia.

Sargento: *"A las 9 se escucha el sonido de una cascada a unos 300 metros, se observa movimiento enemigo encima de ella. Imposible determinar la cantidad de hombres desde aquí"*. Una vez terminado el reporte el teniente procede a hacer una llamada por el radio satelital.

General: *"¡Le escucho!"*, la voz del general sólo es escuchada a través del audífono insertado en el oído del teniente Jones.

Teniente Jones: *"Estamos en posición, recibiendo ordenes"*.

General: *"Proceda con el operativo TORNADO VELOZ, repito... TORNADO VELOZ"*.

Teniente Jones: *"Entendido, TORrnaadoo..."*, el mensaje se interrumpe cuando la voz del teniente Jones disminuye paulatinamente a la vez que el sonido de un helicóptero se acerca a gran velocidad. Observa que se aproxima sobrevolando bajo con el curso justo por encima de ellos llegando hasta la cima de la cascada, continuando: *"¡Todas las ratas están en la madriguera, repito..., Todas las ratas están en la madriguera!"*.

General: *"¡De prisa Teniente!, no deje escapar ni una, recobre el objetivo a toda costa"*.

Teniente Jones: *"¡Entendido, cambio y fuera...!"*.

Entregando el teléfono a otro integrante del grupo, se dirige a ellos: *"¡Bien, chicos! Ha llegado el momento, tenemos luz verde para atacar y recuperar esos frascos. A partir de ahora la radio queda en silencio, avanzaremos desplegados y usaremos los silenciadores. ¡Muévanse!"*.

Tal como las ordenes fueron dadas el grupo élite se despliega desapareciendo entre el oscuro follaje en dirección a la estruendosa cascada.

El helicóptero desciende en una pequeña área desprovista de vegetación, preparada únicamente para que pudiese aterrizar. Cuatro fogatas encendidas en las cuatro esquinas marcan el perímetro; proveyendo visibilidad al lugar. Una vez en tierra las pisadas y sonidos mecánicos de los hidráulicos del exoesqueleto del traje de Volkov delatan su presencia. Su majestuosa y ruda figura se presenta acompañada de cuatro guardias personales vestidos de traje de color gris, armados con pequeñas armas automáticas, fusiles de asalto, pistolas enfundadas bajo las axilas y quien sabe cuántas más se ocultan bajo sus vestimentas. Las miradas entre los guardias de Volkov y los de Mauaji siempre han sido electrizantes debido a viejas rencillas. Actúan como perros encadenados que no ladran pero se contienen esperando un sólo movimiento de su dueño para desenfrenar la ira. En la lucha por la ambición y el poder, hacen de la desconfianza su mejor aliado.

Volkov frente a uno de los guardias reclama con autoridad: *"¡Llévame ante tu general!"*, nuevamente la mirada de desprecio del soldado hacia el ruso es notable con más claridad, una vez cerca de la hoguera.

Soldado: *"¡Mi general le da la bienvenida!"*, le contesta en un tono bajo echándole una mirada de arriba abajo detallando la rara apariencia del exoesqueleto metálico, continuando: *"¡Sígame!"*. Agachándose muy cerca de él, recoge una de las antorchas de la hoguera liderando el camino hacia la caverna.

Por otra parte en Miami…

Danny ha cancelado sus actividades de la tarde al concluir la consulta. Necesita tiempo para el trabajo que le espera; considerándolo de suma importancia. Se encuentra muy entusiasmado pensando cómo a pesar de su imposibilidad para ver apropiadamente, podría ayudar a su nación en cuestiones que nadie siquiera pensaría que fuese posible realizar. Mientras conduce va ultimando los detalles, tiene algunos cabos sueltos que necesita amarrar antes de comenzar su actividad y decide iniciar por hacer una llamada desde su celular.

RRRRR……., RRRRR…….

Kelly: *"¡Hola mi amor!"*, la dulce voz de su amada le recorre los oídos produciéndole un dulce placer.

Danny: *"¡Hola, hermosa de mis sueños!, ¿Cómo estás?"*.

Kelly: *"Bien, pero… eso de hermosa lo dices ahora. Esperemos a que me crezca el vientre a ver si piensas lo mismo. Seguro te voy a parecer una gorda y no me querrás ni mirar"*. La inquietud de perder su figura le aterra aunque se lo diga en broma.

Danny se da cuenta de su preocupación, diciéndole: *"No tienes de que preocuparte, sabes que no veo bien, así que me escondes los lentes y sólo veré la belleza de tu ser"*. Ja, ja, ja, Ambos ríen, hasta que continúa: *"Tú sabes que yo te veo con los ojos del corazón y tu alma es tan cristalina y pura que teniendo esa personita en tu vientre, brillaras tanto que me atraerás como un insecto a la luz"*.

Kelly: *"Tonto, por esas cosas que me dices es que seré tu luciérnaga, para que no pierdas el camino".*

Mientras conversan Danny arriba a casa de Pedro Pablo, piensa que es el mejor lugar para quedarse sin ser interrumpido. Ni en su casa, ni en casa de su madre podría permanecer tranquilo.

Kelly: *"¿Te espero para cenar?".*

Danny: *"Lo siento preciosa hoy tengo mucho trabajo, me quedaré hasta tarde en la oficina. Debo terminar un proyecto y luego pasaré por casa de Pedro Pablo".* La mentira le hace tener un poco de remordimiento, mientras piensa: *"Hijo, esto también lo hago por ti, para que tengas un mejor futuro".*

Kelly: *"¡Oh..., qué pena...! Bueno dale mis saludos a Pedrito. Dile que lo quiero mucho y de paso dale las buenas nuevas".*

Danny: *"Lo haré, te prometo que en cuanto me desocupe voy a tu encuentro".*

Él sabe muy bien que no puede revelar su secreto, podría ser muy peligroso para él y su familia; así que es mejor no tentar al destino.

Kelly: *"Bueno mi amor, un beso grande. Te veo luego en casa".*

Danny: *"Te amo mi gordita preciosa, te envió un beso",* Danny la molesta jocosamente.

Kelly: *"¡Odioso!",* le cuelga el teléfono terminando abruptamente la llamada.

Danny sonríe inspirando profundamente con una sonrisa en los labios. Piensa que tiene mucha suerte de ser aceptado por una mujer tan encantadora.

Descendiendo del auto presiona un botón del control remoto, el cual produce un corto sonido del claxon, indicando que la alarma ha sido activada. Los pasos le llevan de prisa hacia la puerta golpeándola dos veces con los nudillos. Desde dentro la voz de Pedro Pablo se escucha cuando dice: *"¡Entra, está abierto!".* Al entrar, un suave olor a rosas perfuma el lugar armonizando con las respectivas decoraciones florales.

Danny: *"¿Dónde estás?",* pregunta en alta voz.

Pedro Pablo: *"¡Sigue hasta la cocina!".*

Al llegar a la cocina, Pedro Pablo se encuentra sentado en la mesa deleitándose con una taza de café expreso. Tiene una pose de pierna cruzada mientras le observa acercarse.

Danny: *"¿Siempre dejas la puerta de la entrada abierta?",* le reclama preocupado.

Pedro Pablo: *"¡Ay niño, tu siempre tan preocupado!, desde que me llamaste para decirme que pasarías por aquí, abrí la puerta para no tener que levantarme luego",* continúa bebiendo su café elevando con mucha clase su dedo meñique al empinar la pequeña taza de porcelana.

Danny no puede contener la risa al escuchar sus palabras mientras deposita su portafolio sobre la mesa. Luego sosteniendo una de las tazas que se encuentran volteadas hacia abajo, le da la vuelta. Se sienta frente a él y se sirve un poco de café, mientras le dice: *"Necesito quedarme unas horas en el cuarto que tienes desocupado"*.

Pedro Pablo: *"¿Te botaron de la casa?"*, dice y sin dejarle abrir la boca en su defensa, continúa: *"¿Y ahora qué hiciste?"*. Las preguntas de su amigo le continúan causando risa y mucho más al verle mover la pantufla de la pierna elevada a una velocidad incalculable; reclamándole una pronta respuesta.

Danny: *"¡SOOOooo..., caballo!, detén las riendas ahí mismo. Sólo necesito descansar unas horas. Tengo mucha presión de trabajo y en casa o en casa de mi madre no voy a lograr hacerlo placenteramente sin ser perturbado"*. Pedrito le revira los ojos a la vez que tuerce los labios; demostrando inconformidad con su respuesta.

Pedro Pablo descruza la pierna inclinándose hacia delante, diciendo: *"Si le haces algo a Kelly que la entristezca, te parto la cabeza con la sartén más grande y pesada que tenga"*.

Danny: *"¡Caramba Pedrito!, ahora resulta que en vez de apoyarme a mí, la apoyas a ella. Lo que te estoy diciendo es en serio. Además, cómo crees que voy a ponerla triste ahora que está embarazada y nos vamos a casar"*.

Pedro Pablo: *"Si te atreves tan sólo a..."*, aún con el dedo en alto reclamándole a su amigo, reacciona dejando la boca entre abierta. Moviendo sus grandes ojos hacia un costado repite incrédulo lo que ha escuchado: *"¿Qué se van a casar?, ¡VOY A SER UN PADRINO DOBLEEeeee....!"*. Comienza a gritar como un loco. Se levanta de la silla empezando a dar brincos por toda la cocina y a hacer toda clase de tonterías. Agitado se posiciona por detrás de de Danny que no le pierde pie ni pisada, finalizando por darle un fuerte abrazo. Luego llevando su boca muy cerca del oído, le susurra: *"Si me engañas te parto la siquitrilla, ¡Me escuchaste bien!"*.

Danny: *"¡Ahhh!, ¿Te vas a molestar con tu compadre?"*, ladea la cabeza observándole con el rabito del ojo.

Pedro Pablo: *"Siendo así..., está bien. Descansa lo que quieras, yo de todas formas voy a salir y cómo vas a estar durmiendo no me necesitarás"*.

Danny: *"Vete tranquilo, sólo necesito que no le comentes a Kelly que me quede a descansar un rato en tu casa, no quiero que se sienta mal por eso"*.

Pedro Pablo: *"Descuida, mañana la llamo para felicitarla"*, comienza a caminar alejándose de él, no sin antes estirar su mano para alborotarle el cabello.

Danny se levanta de la mesa recogiendo el portafolio y se dirige al cuarto cerrando la puerta con el cerrojo. Coloca el portafolio sobre una mesita cerca de la cama comenzando a desvestirse. Advirtiendo que la ventana se encuentra abierta, se para frente a ella permitiendo que los rayos solares le bañen el rostro por un instante. De un sólo movimiento con ambos brazos hacia el centro, pone fin a la claridad de la habitación al correr las cortinas. Regresando hacia la mesita, abre el portafolio sacando el ordenador portátil. Encendiéndole, termina de desvestirse quedando en ropa interior. El resto de las prendas de vestir las coloca bien dobladas a un lado del portátil.

Abriendo la aplicación de Google Earth, que ya ha formado parte de su medio de transporte a través de la Madeja, extrae de uno de los compartimentos del portafolio un pedazo de papel donde ha escrito las coordenadas exactas del lugar a donde debe viajar en África. Al escribir las mismas, el resultado obtenido en la pantalla, muestra un lugar lleno de arboles y un rio con una gran salto de agua; lo cual le hace pensar: *"No sé qué me espera allí, debo tener mucho cuidado y tratar de recuperar esos frascos. Espero que con la diferencia de horario entre las dos naciones pueda encontrar algunas personas durmiendo"*. Sus ojos observan el lugar prestando mucha atención en los detalles del terreno por un tiempo, ya que no se trata de calles, ni pueblos, fáciles de reproducir mentalmente.

Se acuesta sobre la cama cubriéndose hasta los abdominales el musculoso cuerpo con una fina sabana para mantener el calor, se asegura de mirar el cerrojo de la puerta para garantizar que se encuentra cerrado. Prefiere evitar que Pedro Pablo irrumpa en la habitación de pronto, no quiere que le encuentre con los acostumbrados movimientos que su cuerpo hace involuntariamente cuando viaja a la Madeja. Finalmente, retira los espejuelos cerrando los ojos. Los destellos de colores grises-azulados comienzan a aparecer indicando el comienzo de su viaje a través del túnel hasta el Centro de los Sueños.

Al llegar al espacio en blanco al que está acostumbrado comienza a reproducir mentalmente de inmediato el lugar a donde debe viajar. Las imágenes aparecen como por arte de magia llenando el entorno completamente; pero algo no anda bien. Comienza a escuchar sonidos a lo lejos que se acercan en todas direcciones, haciendo que gire la cabeza. Intenta identificar su procedencia o que lo produce; nunca antes ha experimentado esta sensación. Los susurros se hacen cada vez más claros a medida que se acercan, definiéndose posteriormente en palabras: *"Danny, Danny, Danny..."*, entendiendo ahora claramente que le llaman por su nombre.

Danny reacciona asustado mirando hacia todas partes nuevamente, mientras exclama: *"¡Pero qué demonios!"*, preguntando inmediatamente: *"¿Quién eres..., Cómo sabes mi nombre?"*.

Susurro: *"Todo lo sé, todo lo escucho, todo lo veo..."*.

Danny: *"¡Muéstrate, no seas cobarde!"*, vocifera con los puños cerrados moviéndose en todas direcciones. Los susurros continúan acercándose desde distintas lugares produciendo un efecto de eco.

Susurro: *"¿En realidad creéis que es cobardía?"*, un breve silencio transcurre en tanto Danny se recupera del susto bajando la guardia una vez que entra en juego la razón.

Danny: *"En realidad no, pero no has respondido a mi pregunta"*, su rostro va perdiendo dureza, suavizando las líneas faciales.

Susurro: *"Podría deciros que soy vuestra cordura o locura, podría deciros que soy vuestro inicio o final, o podría aparecer como vuestra madre o padre, da igual"*.

Danny: *"Para mí es importante saber con quién estoy tratando"*, al no poder ver la figura que le habla, siente una incertidumbre que le recorre el cuerpo. Decide cerrar los ojos y agachar la cabeza.

Susurro: *"Así está mejor, podéis pensar que eres ciego y no veréis mi forma física, pero escuchareis mi corazón que es lo más importante, ¿Estáis de acuerdo?"*.

Danny: *"¿Eres Dios?"*, no ha terminado de preguntar, cuando se escuchan las carcajadas en forma de susurros que vienen y se alejan.

Susurro: *"¡No..., no...! creo que no me gustaría semejante responsabilidad pero, tampoco os voy a mentir. El engaño no forma parte entre mis cualidades. Podéis llamarme Hipnos si así vos lo deseáis, pero yo también formo parte de la creación"*.

Danny: *"¿Entonces qué o quién eres?"*, decide abrir los ojos ante la fuerte presencia que su cuerpo advierte a sus espaldas, haciéndole voltearse rápidamente.

Una imagen se va convirtiendo en otra adoptando formas diferentes: de personas conocidas, objetos y animales en cuestión de segundos frente a sí. Asombrado por la inesperada presencia, sus músculos quedan petrificados hasta que las imágenes se detienen en un círculo brillante. Al materializar el cuerpo en un objeto, ha dejado de ser un susurro para convertirse en el susurrador.

Hipnos: *"Creo que adoptaré esta forma para vos, un pequeño solecillo"*, en ese momento comienza a dar vueltas a su alrededor, Danny le observa sin quitarle los ojos de encima, continuando: *"Yo siempre he permanecido aquí desde el comienzo de todo, formo parte de cada ser"*, con cada palabra de la esfera su superficie vibra e ilumina al compas de la suave voz que de ella emana.

Danny: *"¿Tanto me conoces?"*, pregunta asombrado.

Hipnos: *"¡Por supuesto!, conozco todas las lenguas, cada secreto, cada historia de la humanidad y muchas cosas más que ni os imagináis"*. Una pequeña pausa transcurre entre ambos, sus pensamientos son respondidos al instante: *"No necesitas hablar Danny, se lo que estáis pensando en este preciso momento. Os contesto que no me he mostrado hasta ahora porque la ayuda que nos estáis brindando para mantener en equilibrio al mundo que llamáis la Madeja o el reino de los sueños, ya no es suficiente"*. Danny escucha atentamente sin pronunciar palabra, de todas formas también se ha dado cuenta que ellas no son necesarias.

Danny piensa: *"Si dices que te ayudaba a mantener el equilibrio de este mundo, ¿No debiste haberme ayudado antes como lo has hecho en mi última entrada al Reino de los sueños?"*, reclama con seriedad.

Hipnos: *"Todos estamos a prueba en ciertos momentos de nuestra existencia, sois joven, audaz y no os falta el valor, pero este mundo os era desconocido hasta hace muy poco tiempo. Debo admitir que lo habéis hecho muy bien, hasta en súper héroe os habéis convertido y creedme que me gusta vuestro concepto"*, por el énfasis y seguridad en sus palabras, se da cuenta que verdaderamente le conoce. No cree necesario tener que abundar más en su oculta historia.

Danny comienza a caminar alejándose de la esfera, mientras piensa: *"Muy bien, ya que me conoces creo que deberíamos dejar esta conversación para luego, pues…"*, interrumpiendo los pensamientos, la esfera brillante crece rápidamente a sus espaldas, transformándose en la imagen de Kelly sosteniéndole del brazo.

Kelly: *"Si vas ahora mismo hacia la encomiendo en África, probablemente no regresarás"*.

Las palabras de Hipnos transformado en Kelly, definitivamente causan un gran impacto en él. Danny al ver la imagen de su amada al girar la cabeza, se voltea.

Danny: *"Prefiero que no use la imagen de mi amada o nadie conocido. Podría interpretarlo como una manipulación"*, la imagen de desagrado se le refleja en el rostro. El cuerpo de su amada se desvanece liberándole el brazo, adoptando la previa forma esférica y brillante.

Hipnos: *"Perdone, no ha sido mi intención ofenderos, más bien deteneros por vuestro propio bien. He visto y conozco las personas a las que desafiareis, el poder que poseen en sus manos puede hacernos mucho daño, incluyendo a nuestro mundo. Es por eso que necesito vuestra ayuda"*.

Danny: *"Entiendo su preocupación como responsable del mundo de los sueños, pero si no voy ahora mismo quizá sea muy tarde"*, señala con el brazo y el dedo índice extendido hacia la parte posterior de su cuerpo.

Hipnos: *"Podría ser, pero no me arriesgaré de todas formas. Todavía no estáis listo. Actualmente sois el enlace entre ambos mundos y no voy a permitir que nada malo os suceda ahora que habéis llegado por fin"*.

Danny: *"Le agradezco, pero… ¿Según usted que debería saber o aprender?"*.

Hipnos: *"Os mostraré como transportaros rápida y efectivamente entre ambos mundos sin perder tiempo, abriré los márgenes de acceso sólo para vos. No tendréis necesidad de entrada al reino únicamente a través de los humanos; sino también a través de los animales. Podríais influir en los movimientos físicos del mundo real al poseer control sobre cada ser viviente del planeta, los cuales permanecerán inhabilitados para despertar hasta tanto no hayáis abandonado su cuerpo. Y si habéis sido lesionado en combate mientras poseáis otro cuerpo, no seréis precisamente vos quien lleve esas lesiones"*.

Danny: *"¿De veras que podre hacer todo eso?"*, ahora la felicidad se apodera de sí haciéndole vibrar de alegría, continuando: *"¡Caramba, estoy siendo bendecido!"*.

Hipnos: *"Algo así. Digamos que sois mi mejor soldado y acabáis de ser ascendido"*.

Danny: *"¿Pero..., pudiese morir?"*, por un instante la euforia se transforma en una preocupación que deja al héroe muy atento a la respuesta.

Hipnos: *"No todo es color de rosas, si usáis vuestro cuerpo como el justiciero enmascarado, pudría afectaros; así que debéis tener mucho cuidado en vuestros combates. Sé que estáis bien preparado y lucháis como ninguno, pero usad los conocimientos sabiamente. Además, navegar entre los sueños de los animales podría resultaros algo extraño al inicio; pero... ya os acostumbrareis".*

Danny: *"Lo hare, no se preocupe".*

Hipnos: *"¡Comencemos!, no hay tiempo que perder".* La esfera comienza a brillar incandescentemente y a girar en círculos en torno al cuerpo de Danny produciendo unos raros sonidos mientras gana en velocidad. Danny cerrando los ojos permite que los rayos penetren su cuerpo percibiendo interiormente una sensación desconocida hasta ese momento, su fornida estructura muscular adquiere un aspecto brilloso, como si estuviese cubierto de un fino aceite. Al culminar, el sonido deja de escucharse a la vez que la esfera se detiene frente a él.

Al abrir los ojos, Danny advierte que la cobertura o película luminosa que le recubre y la esfera destellan a la vez. Luego extendiendo el brazo alcanza a la esfera palpándola con suavidad, diciendo: *"Gracias Hipnos por la confianza depositada en mí. Todo mi empeño estará en la defensa de ambos mundos para que siga existiendo el equilibrio".*

Hipnos: *"Por mi parte me enorgullece contar con vuestra ayuda. Sólo me resta desearos un buen viaje y que os cuidéis mucho, yo os ayudare en lo que pueda. No me es permitido cruzar la barrera hacia el mundo real, es por eso que os necesito".*

Danny: *"Cuente con mi ayuda".* Se despide de igual forma que lo hizo antes con el presidente de los Estados Unidos, colocando su brazo derecho a nivel de los pectorales con el puño cerrado. Posteriormente un pequeño golpecillo sobre el mismo resalta su agradecimiento para desaparecer instantáneamente ante la presencia de Hipnos.

PREPARATIVOS

Capítulo 13

Al salir del trabajo, Kelly decide pasar por casa de Sofía a saludarla, muy convenida que Danny no le ha comentado nada a su madre acerca de los planes de matrimonio que ambos sostienen.

"Toc, Toc, Toc", se escucha levemente el sonido de un toque en la puerta. Los delgados y delicados dedos la golpean luego de no haber tenido éxito con el timbre. Probablemente Sofía se encuentra en el patio. Kelly se decide a entrar por la puerta lateral del pasillo para cerciorarse. Abriendo la reja de hierro, ésta produce un rechinar en ambas direcciones, alertando al perro de la casa contigua que comienza a ladrar.

Al llegar al fondo advierte que Sofía no se encuentra en el patio, ni en la terraza. Unos pocos pasos son necesarios para llegar a la ventana de la cocina donde observa que su suegra se encuentra haciendo los trabajos domésticos. Ella muy entretenida permanece atenta a las noticias frente a un pequeño televisor sosteniendo la escoba entre las manos; sin advertir que Kelly ha pasado por la ventana. Cuando al llegar a la puerta trasera que queda justo frente a Sofía, ésta advierte su presencia pegando un brinco de los mil demonios.

Sofía: *"¡Ay mi madre, que susto me has dado!"*, exclama colocando una de sus manos extendidas cubriendo la boca; mientras la otra le hace señas circulares para que entre. Continúa hablando una vez que Kelly se encuentra dentro: *"¡Por poco se me sale el corazón por la boca!"*.

La nuera corre a su encuentro extendiendo los brazos, suelta antes la cartera sobre una de las sillas del comedor gritando en voz baja, muy apenada: *"¡Suegra...!"*.

Sofía la abraza con fuerzas tomando aliento mientras dice: *"Con otro susto como éste, van a tener que visitarme en el cementerio"*, queda más tranquila cuando su rostro es cubierto de besos. La nuera no deja de reconocer que se ha llevado un buen susto, pero reconoce también que a veces es un poco dramática.

Kelly: *"Perdone por entrar así, toqué en la puerta del frente pero no me escuchó. Por eso me decidí a entrar por detrás"*. Sofía se sienta arrastrando consigo a Kelly, la sostiene del brazo invitándola a hacer lo mismo.

Sofía: *"Le voy a decir a Danny que me ponga un poco más fuerte el sonido del timbre aquí en la cocina. ¡Cada día estoy más sorda!"*, mientras habla se arregla el ropón que lleva puesto y se acomoda el pelo, algo desaliñado.

Kelly: *"No se preocupe mi suegra, ¡usted siempre está muy linda!"*, le ayuda con el cabello que queda suelto en los laterales colocándolo detrás de las orejas.

Sofía: *"¡Gracias mi niña!, me da mucha alegría verte aunque me extraña que vinieses sin Danny"*, ahora le toma las manos, continuando: *"¿Quieres un poco de café?"*.

Kelly: *"No, gracias, lo estoy evitando".*

Sofía: *"¿Qué te pasa..., estas enferma...?"*, se le aproxima observándole el semblante repetidamente.

Kelly: *"¡No..., nada de eso!"*, le acaricia el rostro poniendo una mano justo debajo del fino mentón de su suegra, tomando la otra mano para llevársela justo hasta el vientre.

Sofía: *"¿Te duele la barriga mijita?*, ahora le pregunta con voz ñoña, continuando: *"Me lo hubieses dicho y yo dándote conversación. ¡Corre, el baño está acabado de limpiar!"*. Se levanta de la silla quitándola del medio para abrirle paso. Kelly se ríe de la inocencia de su suegra. Siempre ha sido tan amable y cariñosa. Le tiene mucho afecto desde el día en que la conoció.

Kelly: *"No... ¡Sofía, estoy bien, recuerda que vas a ser abuela...!"*, le toma la otra mano colocando las dos juntas sobre su vientre aumentando esta vez el tono de su voz sin dejar de sonreír. La señora observa cada movimiento de los labios sin parpadear tratando de descifrar lo que le dice.

Un momento de silencio transcurre entre ambas a la vez que Kelly pasa de la sonrisa a una sutil mordedura de labios. En tanto Sofía con suaves golpecitos de sus manos palpa el vientre de Kelly, exclamando: *"¡Ohhhh Dios santo, no lo puedo creer!"*, se levanta del asiento dando saltitos a su alrededor acompañado de rápidas palmadas, continuando: *"¡Es cierto, que mente la mía!, ¿Cómo he podido olvidarlo?"*, toda una coreografía acompaña las palabras que emanan de su boca. Kelly la observa sin poder contener la risa, dejando que la felicidad se apodere de ambas nuevamente. Sofía se hace acompañar de una rara danza, moviendo las extremidades en todas direcciones.

Luego, la fatiga hace mella sobre su cuerpo obligándola a sentarse nuevamente, despojándose de las últimas carcajadas.

Kelly: *"¡Ay, suegra...!, me ha hecho el día contagiándome con su alegría. Usted no sabe lo feliz que me hace el saber que nuestro hijo será un bebé querido por toda la familia"*, ahora es ella quien se acomoda el hermoso y ondulado cabello mientras su suegra se recuesta todavía jadeando. Kelly disimula la preocupación que siente por la falta de memoria de su suegra, ha empeorado progresivamente.

Sofía: *"Que tonta soy, yo pensando que tenías dolor de barriga. Mi cabeza cada día se encuentra peor. Se me olvidan las cosas con mucha facilidad"*, se incorpora llegando hasta uno de los gabinetes de la cocina sacando un delgado vaso de cristal el cual llena de agua fría. Al voltearse se lo ofrece a su nuera preguntando: *"¿Será niño o niña?"*, sentándose posteriormente muy cerca de ella.

Kelly: *"Aún no lo sabemos. Ni siquiera hemos hablado de eso, pero... lo que si hemos hablado es que queremos casarnos pronto"*.

Sofía: *"Que importa si es hembra o varón, lo importante es que venga saludable porque del cariño de ese... no tienen de que preocuparse. Ya tiene mucha gente que le quiere y eso que no ha nacido todavía. Además, me parece muy bien que estén pensando en casarse. En mis tiempos había que casarse primero, pero me parece bien que las parejas intenten convivir antes del matrimonio. ¡Mírame a mí!, yo creí que el matrimonio me duraría para toda la vida"*, las gesticulaciones con el índice en alto no se hacen esperar.

Kelly: *"Es cierto suegra, tienes razón en todo lo que dices. También sé que Danny será un padre excelente, de eso no me queda la menor duda. Lo he visto de cerca con sus pacientes, la ternura con la que trata a los niños. En fin, ¡estoy muy feliz!"*, aprieta los labios al concluir la frase, sellándola positivamente.

Sofía: *"¡A ese sinvergüenza le voy a echar sal en la comida por no haberme dicho nada!"*, cerrando el puño izquierdo lo deja caer sobre la mano derecha que se encuentra con los dedos abiertos, produciendo un sonido seco.

Kelly: *"¡Mi suegra..., no me lo lleve tan recio!"*, trata de calmarla aunque sabe que sólo lo dice en forma de broma.

Sofía: *"Na, mijita..., es un decir. Tú sabes bien que Danny es mi todo. ¡Pero de que lo mato, lo mato!... ja, ja, ja"*, las dos se echan a reír nuevamente.

Un buen rato transcurre en una amena y feliz conversación cuando de repente, el teléfono celular de Kelly suena: *"Ring..., Ring..., Ring..."*

Kelly: *"Un momento, déjeme contestar, no vaya a ser que sea una llamada del hospital"*. Buscando entre los cientos de utensilios capaces de ser encontrados en la cartera de una mujer aparece el celular, contestando: *"¡Diga!"*. El rostro de Sofía queda muy atento a la llamada cuando el de Kelly estalla de alegría. Repentinamente hace una mueca enseñando su blanca dentadura, exclamando: *"¡Pedrito, que sorpresa!"*.

Sofía: *"¡Vaya... hasta que al fin apareces!"*, da una palmada con ambas manos sobre sus muslos.

Kelly: *"¿Ah, ya te enteraste?"*, dice mordiendo una de sus cutículas. Luego activa el altavoz del teléfono celular para que Sofía pueda escuchar.

Pedro Pablo: *"Sí..., me enteré de todo y de hecho sabes que puedes contar conmigo para todo lo de la boda: el vestido, los preparativos, invitaciones, en fin... para todo lo que quieras que te ayude. Estoy disponible cien por ciento"*, no hace falta verle el rostro cuando puedes entender a través de las palabras que Pedro Pablo también esta pleno de felicidad por la noticia.

Kelly: *"¿Ya te ofrecieron el nombramiento?"*.

Pedro Pablo: *"¡Con el título y todo..., doblemente padrino...! Boda y muchacho. Que buen especial... ¿Eh?, ja, ja, ja"*, las carcajadas de Pedrito contagian a todos incluyendo a Sofía.

Sofía: *"Pedrito... ¡Dos por el precio de uno!, ja, ja, ja"*.

Los tres hablan durante un buen tiempo hasta que Pedro Pablo se despide: *"Bueno mi gente bella, las dejo chacharear que yo tengo cosas que hacer. Te devuelvo a Danny mas tarde. Yo le dije que te llamaría mañana pero no pude contener las ganas"*.

Kelly: *"Bueno, yo te llamo y nos ponemos de acuerdo para salir a resolver todas las cosas necesarias. Te envío un beso y dale otro a mi papacito"*.

Sofía: *"¡Cuídate y ven a visitarme pronto!"*, alza la voz como si estuviese muy lejos.

Pedro Pablo: *"¡Cuídense, las quiero mucho! Deja ver si se deja que le dé el beso, tu sabes que se pone arisco, ja, ja, ja, ¡chao...!"*, se escucha el cierre del celular finalizando la conversación. Ambas permanecen sonrientes en su amena conversación, ultimando detalles para la boda.

LA EXPLORACIÓN

Capítulo 14

El Héroe de los Sueños va rememorando las maravillosas cosas que hoy ha vivido a medida que va cayendo como paracaidista en caída libre. Luego de atravesar la pared del conducto tras finalizar el asombroso encuentro con Hipnos, piensa que se ha vuelto alguien importante para otros; una vez más su vida va tomando un nuevo curso. *"No debemos desesperarnos cuando las cosas que no deseamos vienen a nuestras vidas. Puede que otras mejores nos estén esperando al doblar del camino, sólo que no somos capaces de verlas en ese momento. Únicamente debemos ser pacientes, esperar, no flaquear y continuar por el sendero persiguiendo nuestras metas".* Se siente muy orgulloso por haber sido elegido para tan importante encomienda, como ser un guardián del Reino de los Sueños.

Al llegar al final del descenso, advierte que las estructuras a su alrededor tienen una mejor definición. Ha ganado mejor visibilidad pudiendo contemplar el paisaje más detalladamente, aunque algo diferente al real. Con él las criaturas, los animales e incluso las plantas poseen un brillo natural alrededor de ellos que anteriormente no percibía. Todo ha cambiado, ahora puede ver las conexiones de todos ellos hacia la Madeja. Es algo fantástico poder tener este tipo de visión, poder atravesar los objetos sin quebrarse la nariz y además…, penetrar en los sueños de los animales es algo literalmente; del otro mundo.

Recordando las palabras de Hipnos, piensa muy entusiasmado: *"No aguanto más, esto lo tengo que probar".* Como un niño desesperado por abrir su obsequio de navidad, busca a su alrededor moviendo la cabeza rápidamente localizando un ave que tiene la cabeza gacha bajo el ala y duerme sobre una de sus patitas. Ella se encuentra envuelta también en una pequeña capsula brillante semejante a las ampollas de los humanos que ha visto anteriormente. Su conexión hacia el centro de los sueños es delgada como fideo pero no le preocupa en lo absoluto el tamaño, decidiendo penetrar en ella.

El cuerpo de fantasmal aspecto desaparece rápidamente absorbido por la ampolla transparente del ave que inmediatamente en el mundo real…, eleva la cabeza. Observa todo a su alrededor con la diferencia que mantiene los ojos cerrados. Los parpados delante de los ojos ya no constituyen un impedimento para obtener una visión exitosa. Los órganos sensoriales son majestuosamente llenados por los suyos, adquiriendo los propios de la especie que son imperceptibles para la raza humana. Éstos causan una extraña sensación en su cuerpo, pero de igual manera se adapta rápidamente.

Sin más, de un salto extiende las alas echando a volar entre las ramas de los arboles hacia arriba. Ganando altura, grita como un loco por la emoción; cuando en realidad los gritos de Danny se escuchan como chillidos del ave.

Cayendo en picada abandona el cuerpo del ave muy cerca de la copa de los arboles, ésta retoma el control de su cuerpo muy desorientada volando lejos del lugar, en tanto Danny penetra en el cuerpo de un mono a través de su sueño. Éste despierta de igual forma con los parpados cerrados desplazándose de rama en rama. Sube y desciende de los arboles una y otra vez hasta abandonar el cuerpo nuevamente. Así va poseyendo diferentes animales como si quisiera obtener las experiencias de cada uno de ellos. La velocidad de transferencia entre los cuerpos es muy rápida.

No hay duda que el Héroe de los Sueños ha sido bendecido por un don sin igual que ha dominado prácticamente sin haberlo hecho anteriormente. La curiosidad de Danny es insaciable pero ha de enfocarse en lo que ha venido a buscar a estos lejanos parajes, así que decide dirigirse hacia la cascada que se encuentra no muy lejos de allí, produciendo un estruendoso sonido.

Enmascarado bajo la piel de un roedor se escurre por el suelo velozmente. Ha escogido este animalito por su pequeño tamaño y agilidad, capaz de moverse entre angostos espacios donde otros no lo pueden hacer tan velozmente. Tras caminar una distancia considerable, sus oídos detectan voces de personas. Los cortos pasos zigzaguean las lianas, ramas secas y hojas caídas que le sirven de escondrijo hasta llegar muy cerca de ellos, deteniéndose a observarlos.

Dejando el cuerpo del roedor, éste se aleja del lugar despavorido y desorientado en la oscuridad. Al verse en un lugar diferente a donde su mente había dejado su cuerpo posicionado y seguro; echa a correr con tal desenfreno que pasa justo por debajo de los pies de dos guardias de la milicia guerrillera. Se hallan en su turno de ronda al costado del camino que conduce al gran salto de agua que se oculta detrás de ellos; muy cerca de la entrada.

Danny les observa conversar cuidadosamente desde el espacio inter tubular, él sabe que es invisible ante sus ojos así que se pasea frente a ellos pensando como poder controlarlos mientras se encuentran en vigilia. Un par de minutos bastaron para darse cuenta que algo ocurre cada vez que pestañean, especialmente en la noche cuando la luz es más perceptible. Los cuerpos producen pequeños destellos a su alrededor similares a cuando una persona comienza con el proceso del sueño; iniciando con estos destellos hasta terminar en la ampolla alrededor de ellos y de esta manera formar el conducto que establece la conexión hacia la Madeja o Centro del Sueño.

Danny piensa: *"Quizá pueda usar esos milisegundos para entrar en ellos. Al parpadear, me abren un margen de entrada, pero debo ser muy veloz"*.

Eligiendo uno de los guardias, se retira una corta distancia hacia atrás. Toma impulso y arremete contra él con mucha fuerza, atravesándolo. El fallido intento le hace intentarlo una y otra vez hasta que se da cuenta que cada uno de ellos parpadea a un ritmo diferente. Se concentra nuevamente en el guardia elegido alejándose, toma impulso y…

El guardia deja caer su fusil AK-47, recogiéndolo posteriormente. Su compañero al darse cuenta que se toca el cuerpo con los ojos cerrados, le pregunta burlonamente en lenguaje suajili: *"¿Te quedaste dormido y ahora no sabes ni donde te encuentras?"*.

Danny ha quedado perplejo, ha encarnado una persona que se encontraba despierta y alerta, pudiendo ver a su alrededor manteniendo cerrados los parpados del soldado. Además ha entendido todo lo que ha dicho el otro guardia en una lengua totalmente extraña para él, al cual le responde: *"Estoy muy fatigado después de haber pasado el día con tu mujer"*, las palabras de Danny son traducidas instantáneamente en su mente, abandonando sus labios en el lenguaje nativo.

El molesto guardia se acerca a su compañero agarrándole del cuello de la camisa verde olivo, diciendo: *"¡Déjate de bromitas conmigo! Si no estuviese seguro de mi esposa te degollaba ahora mismo por hacerte el gracioso"*. El cuerpo poseído del compañero permanece con los ojos cerrados elevándole las cejas y revirando los gruesos labios en forma de burla, haciéndolo enojar aún más.

Guardia: *"¡Te salvas que estamos de operativo y el general Mauaji está en el campamento!, bien sabes que no le gustan las peleas entre nosotros, pero te las verás conmigo muy pronto, ¡oíste!"*. Culmina la frase dándole una ligera sacudida, continuando: *"¡Abre bien los ojos y no te comportes como niña toda asustada!"*, luego lo suelta.

Danny haciéndole caso al guardia se voltea riéndose para sí mismo, pero… un sonido proveniente de a maleza desvía la atención de ambos guardias que giran en la dirección de la que proviene el sonido. Las manos empuñan firmemente los fusiles de asalto. Danny se retrasa un poco dejando que su compañero sea quien avance primero. Algo más que un simple sonido selvático está ocurriendo entre los arbustos, provocando que el guardia reaccione diciendo: *"¡Salga de ahí con las manos en alto o disparo!"*.

Un silencio recorre el lugar hasta que tres soldados del NAVY SEAL salen entre los arbustos de diferentes posiciones apuntándoles; mientras que otros tres se dejan ver por la parte posterior con el teniente Jones. Al percatarse que están rodeados por una escuadra de las fuerzas especiales, Danny ataca con la culata del fusil al guardia guerrillero frente a sí, dejándole inconsciente. Deja caer posteriormente el fusil de inmediato arrodillándose, luego llevando las manos detrás de la cabeza les indica que se ha rendido.

El teniente Jones, sorprendido salta sobre Danny sin perder tiempo inmovilizándole en el suelo con la ayuda de los otros componentes de la escuadra. Danny sonriendo le habla en ingles legitimo al teniente: *"Tranquilo oficial, atenme y amordácenme. No deben confiar en mí ni un instante a pesar que hemos venido con el mismo propósito"*.

Tte. Jones: *"¿Quién eres?"*, pregunta sorprendido.

Danny: *"Me llamo Dreamman y vengo en nombre del presidente McGwire, pero la verdad que este cuerpo no sé cómo se llama"*, entre tanto le atan las manos detrás de la espalda.

Tte. Jones: *"¡Que tonterías dices!, ¿Qué clase de nombre es Dreamman?"*, le interroga en voz baja mientras se cerciora que las manos estén fuertemente atadas, incorporándole luego.

Danny: *"No hay tiempo que perder, voy echar un vistazo por la caverna. Si sienten un tiroteo entren con mucho cuidado, no sé cuantos guardias hay ahí dentro"*, continúa hablando con el teniente manteniendo los ojos cerrados.

Tte. Jones: *"¡Tu no vas a ninguna parte, te vas a quedar aquí amarrado!"*, Danny sonríe llevando una de las comisuras labiales hacia un lado.

Un soldado de los NAVY SEALS se acerca próximo al teniente, diciéndole: *"Teniente, detecto actividad tras la columna de agua"*.

Danny: *"Ah, teniente..., este cuerpo despertará en un instante, ¡amordáceme!"*, abriendo la boca le hace la señal al teniente para que le coloque algo en la boca. Uno de los soldados amordaza al guardia en lo que Danny abandona el cuerpo del mismo. Éste intenta gritar diciendo algunas palabras incoherentes en el idioma suajili, obligándolos a golpearle en la nuca para dejarlo igualmente inconsciente como a su compañero.

El teniente Jones, desconcertado pide el teléfono satelital a uno de sus subalternos para notificar el incidente. El soldado hace el enlace brindándole el teléfono al teniente.

Tte. Jones: *"¡Águila uno, conteste... Águila uno, conteste...!"*.

Una voz contesta del otro lado: *"Aquí águila uno, adelante Tornado"*.

Tte. Jones: *"Águila uno, hemos tenido un encuentro con un sujeto llamado Dreamman que dice estar ayudando a la figura principal"*, ocurre una breve pausa con sonidos del auricular siendo transferida la llamada.

Presidente: *"Aquí Águila uno, he escuchado lo que ha dicho Tornado"*.

Tte. Jones: *"Espero instrucciones Águila uno..."*.

El presidente queda en silencio por un momento pensando que no es aconsejable revelar el proyecto Dreamman en este momento. Necesita mantenerlo en acción, pero sólo el hecho de escuchar de él en el lugar indicado, hace que tenga fe en su palabra y en la veracidad del deseo de ayudar a la nación.

Presidente: *"Tornado no tenemos conocimiento de la noticia, sin embargo cualquier ayuda para lograr el objetivo es bien recibida. Recupere el AP-23 a toda costa, ¡cambio y fuera!"*.

Tte. Jones: *"¡Entendido Águila uno, fuera...!"*.

El presidente no se explica cómo ha logrado Dreamman llegar hasta el África en unas pocas horas, lo que si sabe es que cuenta afortunadamente con un aliado valioso que puede prevenir que el AP-23 caiga en manos diabólicas, capaces de hacer cosas como las que ha presenciado con Dreamman. Sería demasiado peligroso.

Por otra parte los soldados desaparecen nuevamente en la maleza tratando de establecer un perímetro seguro que les ayude a seguir debilitando al enemigo sin ser detectados y evitar la retirada de los malhechores con el botín.

¡SORPRESA!

Capítulo 15

Las antorchas se encuentran encendidas desde la entrada de la gran caverna iluminando tenuemente el pasaje al interior desde la gran cortina de agua. El suelo es rocoso, blando en ocasiones debido a la mezcla de la tierra con el guano, roseado por la humedad de las minúsculas gotas que salpican desde el salto de agua; impulsadas por el aire que produce el descenso de la misma.

Un guardia de la guerrilla guía a Volkov y a sus hombres hacia el interior, sólo el piloto del sofisticado helicóptero ha quedado a la custodia de la nave; la inspecciona cuidadosamente para la retirada.

Una serie de pasadizos llevan a los compradores al interior, van sintiendo inseguridad y desconfianza con cada metro que avanzan; aunque tratan de disimularlo. El sonido del mecanismo hidráulico del exoesqueleto de Volkov, juega con el eco de la caverna dejándole saber a Mauaji que su esperado encuentro con Serguei está a punto de realizarse.

Al pasar por un angosto pasaje, la caverna se abre formando un inmenso salón donde el techo no es visible con la luz de las antorchas. Únicamente se observan las puntas de numerosas estalactitas que como colmillos afilados protruyen desde arriba; en cambio las estalagmitas poseen un corto tamaño. El penumbroso ambiente no es del agrado de Volkov pero con tal de conseguir el extracto de la Asteleflex Péndula (AP-23), iría hasta la mismísima boca del diablo si fuese necesario; aunque... donde se encuentra, no dista mucho del lugar antes mencionado.

El general Mauaji yace sentado en una especie de trono hacia el centro de la caverna, tallado cuidadosamente en un montículo central de rocas que emergen del suelo. Al notar antorchas que se aproximan acompañadas del sonido del metálico engranaje, exclama: *"¡Pensé que no llegarías a tiempo para continuar con nuestro acuerdo!"*. Dos guardias le escoltan por detrás del trono, a los cuales les hace una señal con su ancha mano para que se retiren. Los guardias obedecen retrocediendo hasta perderse en la oscuridad sin perder de vista a los forasteros.

Volkov llega frente a Mauaji con su habitual sonido, correspondiendo con otra señal para que sus guardias queden rezagados. Tras recibir la orden, se miran entre ellos comenzando un ligero despliegue por la zona.

Volkov saca un pañuelo de su bolsillo secándose el sudor de la frente y el cuello, luego haciendo algunos gestos de desagrado, pregunta: *"¿Podíamos habernos visto en algún otro lugar más fresco?"*.

Mientras guarda el pañuelo es observado meticulosamente por Mauaji que se levanta del trono, llega hasta Volkov dándole la vuelta para echarle un vistazo a su atuendo sin nada de discreción.

Mauaji: *"De veras que no me canso de ver cómo puedes moverte con esas piernas metálicas"*, alimenta su curiosidad con cada movimiento de sus ojos sobre Volkov.

Volkov: *"Hacen un poco de ruido pero cumplen su función al pie de la letra, pero… no he venido hasta aquí para pasearme sobre tu pasarela. ¿Podemos ir directamente a los negocios?"*, se impacienta y no es para menos; ha sido traído hasta una cueva oscura con nada a su favor.

Mauaji: *"¡Tranquilo mi amigo!"*, le da unas palmaditas sobre el hombro si se le pueden llamar de esa manera. Golpearle con semejantes manos casi equivalentes a guantes de baseball, no parecen precisamente palmaditas. Serguei inspecciona su saco donde ha sido tocado, acción que provoca una risa en Mauaji que continúa: *"¡Ven, no seas tan melindroso!"*.

Tomándole del brazo lo acerca al trono sin sentarse en él. Los guardias de Volkov comienzan un movimiento desplegando sus armas, lo cual produce un chasquido inconfundible que es cercenado por Serguei inmediatamente. Con un giro de la cabeza hacia un costado contiene a la jauría sedienta de acción. El general baja el tono de su risa volviendo a hacer otra señal elevando el brazo. Dos de sus guardias se acercan con dos sillas y una pequeña mesita donde depositan una botella de Vodka.

Mauaji: *"Ves como te consiento, no puedes decir que te trato mal, ¡siéntate!"*, la frase es acompañada de un gesto bondadoso de los brazos señalando la silla donde debe sentarse.

El general le ofrece entablar una conversación donde ambos estén a un mismo nivel. Serguei accede rechinando las coyunturas de las articulaciones al sentarse. Otro de los guardias se acerca ahora portando dos vasos con una hielera, depositando dos cubos de hielo en cada uno de los vasos. Al sostener la botella, Mauaji le detiene quitándosela de las manos para servirle él mismo. El transparente licor se desliza sobre el hielo haciendo tragar en seco a Serguei. El general le conoce bien, no se resistiría a un trago de su bebida favorita. El general, aunque tiene la cabeza inclinada hacia abajo mientras sirve, observa por encima de sus gafas oscuras el bajar y subir del cartílago tiroideo de Volkov tragando en seco.

Justo después de servir los vasos y antes de ofrecerlo, Mauaji introduce sus gruesos dedos en uno de los bolsillos de su camisa militar, extrayendo unos tubos de aluminio que contienen habanos.

Mauaji: *"¿No me lo vas a despreciar?"*, le entrega uno a Volkov, el cual le sonríe soltándose un poco al desabrocharse el botón del saco. Ambos desenroscan la tapa de aluminio extrayendo el puro del interior, luego muerden sus puntas arrancándole el pedazo. Mauaji escupe el pedazo de tabaco hacia un costado, en tanto Serguei lo hace sacando nuevamente el pañuelo para posteriormente depositar el contenido de su boca. Hay algo que sí hacen en común, que es mojar la punta de éste en el Vodka para luego llevárselo a la boca; degustando el sabor. Serguei enciende su habano con un encendedor que lleva consigo, en cambio el general usa una de las antorchas situadas cerca de él.

Mauaji toma el vaso de Vodka invitando a su huésped a hacer lo mismo, chocan los vasos y beben un sorbo del frío licor.

Mauaji: *"¡Ah..., esto sí es vida!"*, se deleita con el frescor de la bebida y acto seguido le da una bocanada a su puro, inundando su alrededor de humo blanco, continuando: *"¡Ahora si podemos ir a los negocios!"*, poniendo fin con sus palabras a la impaciencia de su huésped.

Volkov: *"Bien, ¿Dónde está mi encargo?"*.

Mauaji: *"Mejor, veamos el mío primero"*.

Al chasquear los dedos uno de los guardias de Volkov se acerca con un portafolio que deposita sobre la mesita frente a Serguei, el cual abre los cerrojos tras ingresar la combinación. Dándole vueltas le muestra al general su contenido. Una gran suma de billetes en Euros se encuentran acomodados en gruesos fajos muy organizados. Mauaji extrae uno de los fajos pasándole el grueso pulgar sobre el borde, haciéndoles sonar como naipes en un casino; luego se los acerca a la nariz para olerlos haciendo una profunda inspiración.

Volkov: *"¿Ahora si podemos?, no dispongo de mucho tiempo"*, pregunta abriendo ambas manos al frente.

El general hace un corto movimiento de sus labios hacia delante, en tanto otro de sus guardias aparece por su retaguardia trayendo consigo una pequeña caja. Al abrirla, la gira mostrándole el interior a Serguei. Mauaji toma el portafolio con el dinero y se lo entrega al guardia que inmediatamente lo cierra y se retira con él. La cara de felicidad de Volkov no la puede ocultar, su ansiedad por tener el preciado líquido en sus manos le hace abalanzarse sobre él; extrayendo ambos frascos del interior de la caja. Mauaji lo observa intrigado preguntándose: *"¿Qué propiedades pudiese contener ese líquido para que cueste tanto dinero y mantenga a Serguei tan desesperado por obtenerlo?"*.

Volkov contempla con mucha atención los frascos con el contenido de un color verdoso. Abriendo uno de ellos y sin pensarlo dos veces lo bebe hasta acabarlo, dejando al general con gran asombro y muchas preguntas por hacer.

Justamente al acabar de beber las últimas gotas del frasco se escuchan unas ráfagas de fusil AK-47 en la distancia. Provienen de la entrada de la caverna, provocando que todos los presentes volteen la cabeza hacia el pasadizo.

Inmediatamente Mauaji le arrebata de las manos a Volkov el frasco lleno, aprovechando la distracción de todos. Sacando posteriormente su pistola le apunta a la cabeza.

Volkov: *"¿Qué haces?, ya te pague lo que acordamos. Hicimos un negocio limpio, ¡devuélveme el frasco!"*. La voz imperativa de Volkov pone en alerta tanto a sus hombres como a los de Mauaji, haciendo que el ambiente se torne muy hostil cuando se apuntan con sus armas unos a otros.

Mauaji: *"¡Tú me has traicionado!, has traído más hombres para quedarte con los frascos y con el dinero, pero eso no va a suceder"*, diciendo esto..., uno de los guardias del general entra en el gran salón de la caverna. Dispara como un loco en todas direcciones con su AK-47 llevando los ojos cerrados. En ese preciso instante todas las armas se desvían hacia el guardia, abriendo fuego en esa dirección. El guardia recibe innumerables agujeros en el cuerpo cayendo al suelo rápidamente.

Volkov: *"¡Sucio traidor, sabía que no podía confiar en ti. Mandaste a tus hombres a aniquilarnos!"*.

Ahora uno de los guardias de Volkov es quien cierra los ojos comenzando a disparar. Aniquila e hiere a algunos guardias de Mauaji, desatando un verdadero infierno. El sonido dentro del salón de la caverna es ensordecedor con cada disparo de los fusiles, las ametralladoras y sin contar con el eco que produce.

Mauaji rápidamente piensa que es mejor refugiarse en la oscuridad e intentar evitar ser un blanco fácil de Volkov y sus hombres, pero no sin antes ponerle de mal humor. Se posiciona cerca de una antorcha para que Serguei lo vea bien.

Mauaji: *"¡Volkov..., mira lo que hago con tu producto!"*, destapa el frasco bebiéndolo de un sorbo. Serguei se enfurece sacando una pistola cromada de la parte posterior de su cinturón.

Volkov: *¡NOOooo...!"*, los disparos no tardan en escaparse del cañón de su pistola.

El guardia de Volkov que nadie ha notado llevando los ojos cerrados, ha presenciado todo lo sucedido. Descarga su arma también hacia sus propios compatriotas, desatando inseguridad y una retirada de Serguei con los pocos hombres que le quedan.

Mauaji se refugia en las sombras disparándole al guardia de Volkov que tiene los ojos cerrados. Uno de ellos es certero y mortal, le atraviesa el cráneo haciéndole caer al suelo de un golpe. Mauaji al ver que Volkov trata de escapar, le ordena a sus hombres: *"¡Persíganlos y mátenlos a todos, que no escape ninguno!"*.

Danny ha tratado de frenar a los guardias de ambos bandos produciendo algunas bajas entre ellos al poseer sus cuerpos. Su estrategia ha sido buena al enfrentarlos unos contra otros, pero algo inesperado ha ocurrido. Luego de ver como el general Mauaji ha bebido el frasco con el extracto del AP-23, el destello luminoso que se produce en él al parpadear, ha cambiado de color hacia un tono rojo intenso al igual que Volkov; haciéndose más brillante por momentos. Así que decide intentar penétralo antes que sea demasiado tarde.

Una y otra vez intenta sin éxito entrar en el cuerpo del general, al mismo tiempo que Mauaji corre adentrándose profundamente por los pasadizos; alejándose cada vez más de la entrada. Junto al general otros dos soldados se le han unido cubriendo la retirada.

Danny logra entrar en el cuerpo del guardia más rezagado, el cual cierra los ojos y desenfundando la pistola, le dispara a su compañero por la espalda. Mauaji se voltea para ver qué sucede advirtiendo que uno de sus soldados le ha disparado al otro. Sin darle tiempo a nada, se abalanza sobre él e impone su musculatura. Comenzando a forcejear hace su voluntad en el cuerpo a cuerpo con una obvia ventaja. Le sostiene por detrás de la cabeza estrellándola sobre la pared del pasadizo dejándolo inconsciente. Para estar seguro, planta su bota sobre la laringe del soldado, desviándola.

Mauaji: *"No puedo confiar en nadie"*, se voltea comenzando a caminar mientras desenvaina el gran cuchillo que lleva a un costado de su pierna derecha. Unos metros adelante llega hasta otra recamara de la caverna, donde le aguarda el soldado que sostiene el portafolio con el dinero. Y llegando hasta él…

Soldado: *"General he escuchado los disparos, pero como me dijo que esperase aquí… ¡ahhh!…"*, Mauaji le clava el cuchillo en el abdomen. Mientras cae deslizándose por el cuerpo del general, éste observa fijamente la expresión del rostro que muestra un dolor intenso.

Mauaji: *"¡Gracias por tu ayuda y lealtad!"*, sin ninguna piedad ni ápice de remordimiento, le quita el portafolio de las manos. Al retirar el cuchillo ensangrentado del cuerpo del guardia, lo limpia en el uniforme del mismo para luego guardarlo nuevamente en su funda.

Danny observa que hay algunos murciélagos que revolotean por el pasadizo, pero hay otros que permanecen boca abajo durmiendo. No se han enterado de lo que está sucediendo a su alrededor. Elige uno de ellos penetrando en sus sueños, haciéndolo despertar.

Menuda sorpresa para el general, cuando el murciélago lo muerde en la parte posterior del cuello. Mauaji grita del dolor al sentir los afilados colmillos de los grandes murciélagos africanos. Llevando una de sus manos hacia atrás, lo aprieta muy fuerte arrebatándole la vida. De esa forma uno tras otro atacan por sorpresa al general hasta que éste, sosteniendo una de las antorchas con gran habilidad, muele a palos a todos los murciélagos que se le acercan.

Danny ha seguido al general con la esperanza de poder detenerle y hasta ahora ha intentado con todo a su alcance. Se detiene por un instante frente a él, pensando: *"Se ha vuelto impenetrable con la dosis del AP-23 que ha ingerido, voy a tener que esperar a que se duerma para entrar en sus sueños"*, decide dejarle y tratar de intentarlo con el que ha escapado. Así que emprende camino hacia la entrada de la cueva a toda velocidad.

Por otra parte, Volkov corre en retirada evitando las envestidas de los guardias de la guerrilla que les disparan constantemente. Aunque sus hombres lo defienden con todo lo que tienen, avanzan muy lentamente. Una llamada del radio de Volkov le hace detenerse por un instante, es del piloto de su helicóptero: *"Señor la situación se ha puesto difícil, tuve que eliminar a los guardias que me acompañaban custodiando el helicóptero"*.

Volkov: *"Dimitri, pon en marcha los motores, ¡nos vamos ya, oíste…, ya…!"*.

Dimitri: *"Señor, ya los motores están en marcha… ¡ahhh…!"*, el grito de Dimitri es acompañado por unas ráfagas de ametralladora que cortan la comunicación.

Volkov: *"¡Dimitri, Dimitri…, maldición, también perdimos al piloto. Muchachos hay que salir de aquí a toda costa!"*. La orden de Serguei ha sido muy clara. Sus hombres han sacado algunas granadas comenzando a lanzarlas hacia la entrada de la caverna, haciendo saltar por los aires a varios guerrilleros pero también derrumbando parte de ella.

Volkov: *"¡No lancen mas granadas, nos quedaremos encerrados aquí para siempre si el techo se desploma!"*. Diciendo esto se detiene firmemente para llevarse las manos a ambos lados de la cabeza, quejándose: *"¡Ah..., que dolor de cabeza tan fuerte!"*. El dolor es tan intenso que le impide caminar, ni siquiera con la ayuda de su exoesqueleto; obligándole a ponerse de rodillas. Los guardias que le acompañan tratan de levantarle en vano, es muy pesado y no hay tiempo para quitarle el traje metálico, por lo que deciden dejarle en el suelo.

El sonido en el lugar es muy alto. Al hacer explosión las granadas han modificado la caverna haciendo que sobresalga el borde del suelo al destruirse parte del techo. Esto ha permitido que la poderosa corriente de agua caiga sobre parte de la entrada y comience a inundar la cueva, aumentando el flujo de agua por los pasadizos de la misma.

Los guardias de Volkov han logrado escapar dirigiéndose hacia el helicóptero. Cualquiera de ellos está capacitado para pilotearlo; el jefe ha sido muy cuidadoso en escoger su gente. El plan es llegar hasta la nave, ponerla en marcha y mediante el guinche o grúa que se encuentra a un costado del mismo; atar el cable a la estructura metálica que soporta a Volkov y arrastrarlo fuera de allí.

A sólo pocos metros del helicóptero y a toda carrera, los hombres son expulsados en la dirección opuesta en la que se dirigen tras explotar la nave. Las cargas explosivas que ha colocado el comando élite lo han hecho volar por última ocasión; pero esta vez en pedazos. La escuadra de los NAVY SEAL con el Teniente Jones al mando, no ha tenido que maniobrar prácticamente. Con el plan trazado por Danny al poner un grupo en contra del otro, tienen casi la operación resuelta.

El teniente Jones le habla en voz baja por la radio a sus hombres sosteniendo con su dedo el botón a un costado del cuello: *"Equipo, avancemos hasta la entrada de la caverna. Quiero que se separen, dos al frente y dos a la retaguardia cubriendo el camino. ¡Avancen!"*. Los hombres se dispersan formando la alineación ordenada; avanzando con mucha cautela.

Danny llega hasta la entrada pudiendo ver a Serguei que a duras penas se sostiene sobre sus pies. Haciendo algunos intentos en vano por penetrar a Volkov, se da cuenta que tiene un brillo rojizo como el de Mauaji; así que piensa: *"Éste también debe haber bebido del AP-23, ¿Cómo podré detenerlos si no los puedo poseer?"*.

Danny se percata de la presencia de la escuadra de los NAVY SEAL, ha visto a los dos exploradores que aunque todavía distantes se aproximan en dirección a la entrada. Volkov también los ha notado y se recuesta hacia un costado de la pared de la caverna donde es más oscuro y advirtiendo que no le han detectado saca su pistola nuevamente; esperando que entren para atacarlos por sorpresa.

Danny se apresura para avisarles controlando a uno de los exploradores de la escuadra, el cual se detiene con los ojos cerrados elevando su brazo; a la vez que cierra el puño. La acción hace que toda la escuadra se detenga. Tocando su comunicador en el cuello, dice muy bajo: *"¡Deténganse, he visto algo, no se muevan de sus posiciones, iré a ver!"*. Evidentemente no quiere arriesgar a toda la escuadra; así que decide hacerlo solo.

Se adelanta unos cuantos metros llegando a unos pasos de Volkov donde únicamente se les interpone la columna donde se encuentra refugiado. Allí no logra ver a Danny encarnando al soldado de las tropas especiales, ni le escucha debido al estruendoso salto de agua. Mirando alrededor, Danny encuentra una roca del tamaño de un puño cerrado, la recoge del suelo elevándola suavemente hacia arriba para calcular su peso.

El resto de la escuadra espera impaciente cualquier resultado de la maniobra de exploración del soldado élite, el cual poniéndose los binoculares de visión nocturna lanza la roca al interior. La misma cae por detrás de Volkov provocando que se voltease apuntando hacia su espalda; en tanto el soldado entra en la caverna sorprendiéndole desprotegido. Le dispara con una pistola Taser, la cual hace recorrer la electricidad de alto voltaje sobre Serguei; derribándole instantáneamente al inutilizar su exoesqueleto. Su ya débil cerebro se desconcierta cayendo al suelo inconsciente, no sin antes lograr apretar el gatillo debido a la contracción de los músculos de las manos, disparando un proyectil. Al escuchar el disparo, se produce una entrada masiva del grupo restante para apoyar al explorador.

Tte. Jones: *"¡Buen trabajo muchacho!"*, dice tras poner la mano en la espalda del soldado, mientras éste le coloca unas gruesas esposas plásticas a Volkov.

Danny abandonando el cuerpo del explorador, se detiene a ver la reacción de todo el equipo felicitándole. El soldado élite no comprende por qué sus compañeros actúan de esa manera, hasta que el teniente le dice: *"No seas modesto, honor a quien honor merece. No todos los días se captura a un jefe de la mafia rusa"*. Atónito, el soldado se rasca la parte posterior de la cabeza sin decir nada, ha tenido una laguna mental con un gran premio en su bolsillo; es como si hubiese ganado la lotería sin haberla jugado.

Por otra parte, Mauaji tratando de escapar llega hasta un punto donde no puede avanzar más. El agua ha inundado totalmente los pasadizos, impidiéndole el acceso hacia la salida que encontró hace algunos años y guardaba celosamente para un caso como este. El agua ha comenzado a subir llegándole a la cintura. Recostando la espalda sobre una estalagmita blanca, tiene mucho cuidado con el portafolio y sobre todo con la antorcha que ilumina el camino.

Mauaji refunfuña en voz baja: *"¡Maldición!, no me va a quedar otro remedio que regresar por donde vine"*, exhala malhumorado observando la corriente de agua como desaparece por las partes más bajas del suelo. Una especie de remolino succiona todo lo que se encuentra en la superficie.

Volviendo a tomar el camino de regreso avanza un corto trecho cuando es alcanzado por un fuerte dolor de cabeza que le sorprende repentinamente   doblegándole las rodillas. Sin poder hacer nada, las fuerzas se le escapan soltando todo lo que lleva en sus manos dejando el lugar en penumbras.

Llevándose las manos sobre la cabeza, grita a todo pulmón estando bajo la presión del dolor y la impotencia de recuperar el portafolio con el dinero; siendo éste arrastrado hasta terminar desapareciendo en el interior del remolino.

Mauaji: "¡*NOOOOoooooo.....!*". Aquí se puede apreciar el dicho que dice: *"lo que fácil viene, fácil se va"*.

LA BATALLA DE LOS SUEÑOS
Capítulo 16

La escuadra élite ha avanzado entre los pasadizos en busca de las muestras del AP-23. Van revisando cada soldado caído hasta que escuchan el grito del general. Al llegar a él, descubren que yace inconsciente sobre las rocas. Un soldado se le aproxima reconociéndolo, chequea los signos vitales advirtiendo que se encuentra vivo; pidiendo luego ayuda al resto del equipo.

A pesar de no haber tenido éxito en la recuperación de las muestras, encontrando sólo los frascos vacíos; han dado con dos de las figuras más importantes del contrabando de armas, tráfico humano, patrocinadores de las guerrillas, saqueadores de pueblos y explotadores. El orgullo les llena el pecho de saber que tienen bajo su custodia a dos de los más buscados líderes de la maldad, decidiendo llevarlos consigo hasta las manos de la justicia.

Parte de la escuadra regresa de los pasadizos para reunirse con otros dos soldados que habían dejado rezagados en la entrada custodiando a Volkov. Danny observa como traen a Mauaji esposado entre dos soldados; dejándolo sentado junto a Serguei.

Pero…, pronto algo inesperado ocurre.

El cuerpo de ambos tiranos comienzan a sacudirse en una especie de convulsión, asustando a los presentes que tratan de socorrerlos. Acostándolos en el suelo, los protegen para que durante las sacudidas no se golpeen con las rocas aledañas.

Danny que también les observa, se percata que el destello rojizo que les cubre se vuelve más intenso, convirtiéndose finalmente en las lumínicas ampollas alrededor de ellos. La protrusión de los conductos no se hace esperar, comienzan a ganar altura hacia la Madeja. En su trayecto, los conductos chocan entre sí produciendo chisporroteos con el sonido típico al de una avioneta de fumigación. En ocasiones los conductos se retuercen entre ellos, cosa que no le hace mucha gracia a Danny, dada las experiencias pasadas.

Un susurro se acerca rodeando a nuestro héroe, dejándose escuchar paulatinamente: *"¡Danny, ayúdame…!"*.

En ese mismo instante un estruendo se escucha en la Madeja que comienza a cambiar de color por donde han hecho conexión los conductos de los malhechores, adquiriendo ese rojo intenso. Avanzan como un cáncer agresivo devorando por donde pasan, creciendo lentamente, ganando en expansión.

El estruendo va en aumento mientras que en el mundo real se siente un ligero temblor de tierra, provocando que algunas rocas puntiagudas se desprendan del techo de la caverna. Los soldados buscan refugio contra las paredes, alejándose del centro; arrastrando con ellos a los criminales.

Tte. Jones: *"¡Rápido, comunicación!"*, el soldado encargado del equipo de comunicaciones le trae el teléfono al Teniente Jones, el cual sin perder tiempo, continúa: *"¡Águila uno, aquí Tornado Veloz, necesitamos extracción del equipo. Repito, extracción urgente del equipo, presencia de terremoto en el área!"*.

Águila uno: *"Entendido, evacuación de Tornado Veloz autorizada, acudir al lugar de extracción de inmediato"*. El sonido de la radio se escucha con mucha interferencia pero entendible. La escuadra comienza a evacuar tras la orden del teniente elevando su mano derecha, haciendo una rotación en círculo con su dedo índice extendido. Con la mano izquierda señala a los responsables de evacuar a los prisioneros, poniéndose en marcha hacia el lugar donde se efectuará la extracción de los hombres.

Garantizando haber visto a la escuadra irse de la cueva llevándose a los prisioneros, Danny decide entrar a los sueños de uno de los malhechores. Eligiendo a Volkov por encontrarse más cerca de él. Penetrando a través de la ampolla es absorbido por el conducto a gran velocidad. Violentas sacudidas dentro de la misma se producen a medida que avanza.

Danny piensa: *"Creo que ya es tiempo de cambiar mi aspecto, estos dos son verdaderamente peligrosos y no es conviene que vean mi verdadero rostro"*.

Como es habitual el cuerpo de Danny se cubre del material esponjoso del camuflaje verde y marrón. Mientras avanza por el conducto se va reflejando en él los rojos destellos que se muestran en el pasadizo. La máscara de cristal polarizado se cierra lentamente sellando su identidad. Posteriormente el látigo se le enrosca en su cuello terminando sobre el pectoral izquierdo, conformando el diseño de la letra *"D"*.

Diferentemente a las entradas anteriores en los sueños, en esta ocasión es arrojado bruscamente en dirección a un amplio lugar; lleno de escombros de metal y chatarra. Intenta volar en dirección contraria frenando el impulso pero la inercia que lleva le acerca cada vez más a ellos; aunque va perdiendo velocidad. Desviando el cuerpo como un piloto tirando con fuerza de la palanca de mando para elevar el avión, logra parcialmente ir desviando el curso. Sobrevuela las puntiagudas y oxidadas estructuras que casi le tocan el cuerpo. Advirtiendo que algunas sobresalen hacia el frente, desata su justiciero látigo del cuello dándole innumerables cortes a los obstáculos; atravesándolos sin percance.

Posándose sobre un montículo de hierros, respira rápidamente recobrando el aliento. Apoya las manos en las rodillas mirando hacia abajo cuando…

Un fuerte temblor sacude los metales obligándole a despegar de la superficie algunas pulgadas donde las vibraciones son imperceptibles. El sonido semeja una avalancha que se le aproxima, acarreando un oleaje de escombros.

No muy lejos de allí, uno de los montículos es lanzado en pedazos al aire, expulsando las esquirlas en todas direcciones. Dreamman habilidosamente hace aparecer el escudo transparente en forma de ovalo. Éste irradia una luz naranja en el borde que cambia a tonos de amarillo, goteando lava por la parte de abajo del mismo.

Se protege de los numerosos impactos que le hacen retroceder a medida que va siendo golpeado causando algunos rasguños al escudo; los cuales luego desaparecen lentamente como por arte de magia.

De entre los escombros una figura se abre paso. Lleva el torso desnudo como un centauro de aspecto humanoide por la existencia de carne y piel, pero con inserciones de tubos, mangueras y cables integrados al mismo; de la cintura hacia arriba. Una vez sobre el montículo de chatarra, muestra las fuertes patas de aleación de acero, extremadamente pulidas.

Al percibir la presencia de Dreamman, comienza a moverse lentamente hacia él inclinando el torso hacia delante. Como un depredador atraído por la presa, flexiona las patas mientras camina; engrifando algunas partes dorsales del torso.

Dreamman presiente que la extraña criatura tiene la intención de atacar en cualquier momento. Sin esperar otro indicio desenrolla el látigo posicionándolo hacia un costado. Hace algunas hondas con él al mover el brazo varias veces, con la intención de llamar su atención. Quiere dejarle claro que no trata con una mansa paloma. El hombre máquina advierte el mensaje, desviando su andar hacia un lateral esperando cualquier descuido.

El destello y las gotas de lava que del látigo emanan en su movimiento de serpentina, le ha hecho cambiar de parecer por el momento. Dreamman se cubre con el escudo transparente incrementando la intensidad luminosa del mismo, demostrando cuan listo está para la acción.

Un susurro se acerca velozmente alertando a nuestro héroe: *"¡Cuidado con su espalda!"*.

Sin haber presenciado todavía toda la estructura, Dreamman mueve su cabeza asintiendo y bajando un poco el escudo; decidiendo darle un poco de conversación al raro espécimen.

Dreamman: *"¿Qué pasa, no quieres hablar?"*, no aparta la mirada del torso de la bestia por si deja ver un ápice de su parte posterior, continuando: *"¿Eres un Maquinauro o algo parecido?"*.

"Ja, ja, ja...", una risa diabólica antecede a la voz ronca que se escucha desde la parte superior del torso. Algunas estructuras metálicas en la parte de la cabeza chasquean al abrirse, dejando ver el rostro transformado de Volkov, quien le dice: *"¡Maquinauro..., mitad maquina, mitad centauro..., me gusta!"*. Cada vez que pronuncia la letra *"A"*, rechina la voz como quien arrastra un tenedor ruidosamente sobre un plato de porcelana, molestando intensamente a los oídos de Dreamman quien cierra ligeramente los parpados por detrás de su máscara.

Maquinauro: *"¿Quién pregunta?"*.

Dreamman: *"Yo me llamo Dreamman y soy el Héroe de los Sueños"*, las irresistibles carcajadas continúan.

Maquinauro: *"En mi mundo no eres nada, sólo otra mancha de oxido sobre el metal"*, mueve las patas sobre la chatarra provocando chasquidos que despiden chispas.

Dreamman: *"También pudiese llamarte Serguei Volkov"*, le dice sin dejar de mover el incandescente látigo.

Maquinauro: *"Ya veo que sabes quién soy en realidad, pero prefiero que me sigas llamando de la manera que lo hiciste antes. Nadie me llamará desde ahora Volkov nuevamente, todos temblarán al escuchar mi nombre. Sabrán que no volverán a dormir tranquilos sin pensar que sus vidas me pertenecen de ahora en adelante. Todos tienen que dormir en algún momento"*.

Dreamman sabe que tras haber ingerido esa gran cantidad del concentrado de Asteleflex Péndula, cualquier cosa que ocurra en los sueños de un ser humano donde Volkov interactúe, puede ser muy peligroso. Esa persona puede llegar hasta perder la vida si éste se lo propone. Lo que significa un potente medio de presión para cualquiera: los banqueros, los políticos, los militares y sobre todo…, los presidentes. Todos tendrían que rendirse ante él.

Los temblores continúan tanto en el mundo de los sueños como en el mundo real. La escuadra de los NAVY SEAL ha llegado al lugar donde arde el fuselaje del helicóptero de Volkov, sirviéndole de guía a la nave encargada la extracción de los hombres y los prisioneros. El helicóptero finalmente aterriza. La puerta lateral se abre para que los hombres comiencen a acercarse, abordando en parejas que se voltean para ayudar a los demás que le siguen.

Piloto: *"¡Suban, suban rápido, no sé cuánto tiempo podre sostenerlo en tierra con estos temblores!"*.

Tte. Jones: *"¡Un momento, falta sólo subir a los prisioneros!"*, una vez que los prisioneros se encuentran a bordo del helicóptero, continúa: *"¡Vámonos, vámonos ya!"*, le grita al piloto mientras cierra de un tirón la puerta, sosteniéndose como puede a causa de las sacudidas.

Los conductos enrojecidos del general Mauaji y de Volkov se entrelazan como cables de alta tención eléctrica, formando ahora turbulencias que hacen muy inestable el tráfico aéreo. El helicóptero se bambolea sin explicación aparente, haciendo que sus ocupantes se sostengan firmemente de lo que tengan a su alcance. Los cuerpos de los prisioneros se deslizan de un lado a otro con cada sacudida de la aeronave.

Tte. Jones: *"¡Aten a los prisioneros!"*. Ordena a toda voz, soltándose para ayudar.

Con mucha dificultad los prisioneros son atados firmemente. La nave continúa el curso hacia un lugar más seguro fuera de las turbulencias y relámpagos que azotan muy cerca de ellos. Lo que los soldados y el teniente desconocen es que el mal tiempo sólo ocurre alrededor de ellos; persiguiéndoles donde vayan.

Las turbulencias también se han hecho presentes en el mundo de los sueños, Dreamman y el Maquinauro comienzan a sentir fuertes vientos que se acercan en todas direcciones, acompañados de grandes y puntiagudas nubes negras que ensombrecen el lugar.

Por un momento se han olvidado que se encuentran uno frente al otro, observan la tempestad acercarse y como desciende desde lo alto de los nubarrones algo que cae sobre otro de los montículos no muy lejos de ellos. Una bola peluda de gran tamaño rueda hasta las inmediaciones para luego desenroscarse. Súbitamente la figura de Mauaji se va transformando ante la mirada de los presentes en una mezcla de cuerpo de gorila de pelaje gris y negro. Se encuentra dotado de grandes y potentes alas de murciélago con fuertes brazos y filosas uñas como navajas en las articulaciones de las alas. Éstas las usa para engancharse de los hierros y avanzar hacia ambos; deteniéndose a cierta distancia.

Dreamman al verle ya transformado, como a todas las criaturas del mundo de los sueños, decide clasificarlo. Así que lo ha nombrado un *"Gorílago"*, por ser una mezcla de murciélago con gorila.

El Héroe de los Sueños no se descuida, volviendo a levantar el escudo. Se protege de la llegada del intruso, adoptando nuevamente una posición defensiva.

Maquinauro: *"¡Mauaji!"*, grita Volkov chillando enfadado al recordar que el general también había ingerido el extracto del AP-23 que le había arrebatado. Se ha dado cuenta que no es el único que tiene poderes en el reino de los sueños; existe una fuerte competencia.

El Gorílago clava la mirada en el Maquinauro. Luego señala con una de sus alas a Dreamman, a la vez que dice: *"¡Volkov, estaba convencido que nos volveríamos a encontrar!; pero esta vez ni tus amigos te salvarán de una muerte segura"*.

Dreamman interviene: *"¡No soy su amigo, me llaman Dreamman, el Héroe de los Sueños y he venido a salvar mi mundo de alimañas como ustedes!"*.

Gorílago: *"¿De veras crees que podrás deshacerte de mí porque te crees un héroe?"*, dice girando la cabeza detallando cada estructura de la anatomía de Dreamman, haciendo especial énfasis en su ardiente látigo.

Dreamman decide volar al percibir más sacudidas de los metales. Da un salto para mantener una distancia segura que le permita reorganizar sus estrategias y posibilidades. La situación ha cambiado drásticamente en un abrir y cerrar de ojos.

Al elevarse tan sólo unas pocas pulgadas, sus extremidades inferiores quedan atrapadas por los hierros. Rígidos brazos se han formado apretando sus piernas infligiendo un profundo dolor, a lo que su cuerpo responde con un arqueo del torso hacia atrás. Inmediatamente un latigazo corta de un tajo los corroídos hierros como mantequilla; los cuales vuelven a su forma rígida original en cuanto han sido seccionados. Dreamman comienza a ganar altura una vez liberado, revisa sus extremidades notando que afortunadamente no han sufrido daño.

Se puede ver el tenso cuerpo de Danny comenzando a derramar numerosas y grandes gotas de sudor sobre la sábana en casa de Pedro Pablo. La respiración y el pulso se aceleran como si estuviese corriendo un maratón.

El Gorílago al ver lo que le ha pasado al desconocido enmascarado, extiende sus alas echándose a volar. Una ola de herrumbre se levanta siguiéndole no importa la maniobra que realiza para tratar de evadirla, hasta que finalmente le envuelve, desapareciendo entre los hierros.

Como un gran espadachín, las filosas uñas del Gorílago cortan los metales que le rodean; abriéndose paso hacia la superficie. El Maquinauro queda asombrado por la destreza de su enemigo al verlo salir volando disparado de entre los hierros hacia arriba. El Gorílago se detiene en pleno vuelo abanicando las alas con velocidad.

Llenando los pulmones con todo el aire que puede contener, abre las fauces dejando escapar un intenso grito que va creando ondas gigantescas en el aire como círculos que se abren concéntricamente. A medida que avanzan van levantando los hierros, como las sopladoras de los segadores de césped; como si levantara las hojas caídas de los árboles en el otoño. Éstas producen tal vibración que las oscuras estalactitas que se observan en el cielo, comienzan a desprenderse una tras otra.

Más que destrozadoras, las ondas son una especie de llamado. Los cientos de estalactitas que van cayendo, en su descenso se van transformando en Gorílagos de pelaje negro. No tardan en comenzar a batir las alas formando un enorme ejército, que silencioso aguarda a la espera de la señal de su general para acudir a la batalla.

El Maquinauro no se queda rezagado. Cerrando los puños golpea los hierros, comenzando a generar una energía eléctrica en su cuerpo que se propaga por todo el metálico suelo. Cientos de Maquinauros se forman alineados esperando también una orden de su líder para atacar.

Dreamman se encuentra donde nadie quisiera estar. Justo entre dos grandes ejércitos, a punto de ser aplastado en cuanto choquen en la batalla.

Su entrega, el compromiso con la humanidad y la confianza que han depositado en él, le hacen reflexionar en este momento de incertidumbre: *"Mis tres grandes amores: mi madre, mi bella Kelly y nuestra más feliz creación; no sé si regresaré o si volveré a verlos nuevamente. Lo hago por el bien de todos, para que puedan dormir tranquilos y sin miedo a descansar en este mundo tan maravilloso, sin que tengan que temer a no despertar jamás. ¡Los quiero mucho…!"*.

Decidido a lanzarse a la batalla, se deja caer para comenzar el ataque contra los Maquinauros. Cuando… A lo lejos escucha el sonido de algo que suena como el soplido de un cuerno vikingo. Se detiene volteándose y observa hacia la dirección de la que proviene.

Pero…, realmente no ha sido un susurro. Todos los integrantes de los ejércitos también se voltean a contemplar la luz que se aproxima desde el horizonte luego de haber escuchado el sonido del cuerno. La claridad se va interponiendo entre los dos grupos oscuros. Desde la distancia sólo se observan luces, pero al acercarse hacia Dreamman se definen como una gran cantidad de fuertes hombres alados que despiden luz blanca. Visten con atuendos griegos de la época antigua. Equipados con espadas, arcos, flechas y lanzas.

Los que marchan al frente del ejército se detienen ante Dreamman. Portan estandartes de tela en forma de escudos que tienen el fondo de camuflaje verde y marrón; muy semejante al de la vestimenta del Héroe de los Sueños. En el centro, una letra *"D"* palpita en rojo brillante.

Los soldados que se encuentran en el centro, dan un paso al frente y hacia el lateral. Abren paso a la esfera brillante que se aproxima deteniéndose ante su rostro.

Hipnos: *"¿Habéis creído que os dejaría pelear solo?"*.

Dreamman: *"¡Waoh...!"*, no cabe en su asombro.

Hipnos: *"¿Qué os parece vuestro ejército?"*.

Dreamman: *"¿Mi ejército?, ¿De veras?"*. Aún empuñando el látigo, hace que se recoja enrollándose por el bazo hasta su posición original. Luego posiciona el puño hacia el frente del pectoral izquierdo en la forma de su habitual saludo. La luminosa fuerza de hombres alados le corresponde con el mismo saludo, a la vez que vitorean dos veces: *"¡DREAMMAN, DREAMMAN!"*.

El camuflado hombre no puede evitar que se derramen algunas lágrimas de sus ojos. Abre parcialmente el cristal de su máscara para secarlas, mientras le dice a Hipnos: *"Tu me conoces, de ti no me tengo que esconder el rostro"*.

Hipnos deja escapar la risa haciendo que brille su superficie esférica, posteriormente pregunta: *"¿Bueno... comenzamos?"*.

Dreamman: *"Estoy más que listo, pero quisiera dotar al ejercito con un toque de mi estilo"*.

Hipnos: *"Creo saber de qué se trata, pero... ¡Adelante!"*.

Dreamman se encorva haciendo que su escudo ilumine más de lo habitual. Irguiéndose luego con energía, apunta con el escudo a todo el ejército, transfiriendo de esa forma escudos igual al suyo a cada soldado. Las flechas, las espadas y las lanzas se tornan ahora con un destello naranja-rojizo comenzando a gotear lava hirviente. El ejercito grita de euforia contemplando el reluciente armamento.

Dreamman: *"¡Ahora sí es el Ejercito de los Sueños!"*. Durante la exclamación levanta el brazo empuñando nuevamente el látigo justiciero que brilla intensamente, haciendo que brillen también todas las armas y los escudos al mismo tiempo. Los gritos de los hombres, son bien escuchados por sus adversarios, que de igual forma responden.

Los Maquinauros junto a los Gorílagos se unen en el alboroto causando un incremento en los temblores, tanto en el mundo real, como en el Reino de los Sueños.

Dreamman hace gestos con sus manos frente a su ejército, dividiéndolos en dos grupos. Los de su derecha los envía hacia arriba a pelear contra los Gorílagos; en tanto a los de su izquierda, los selecciona para que bajen a luchar contra los Maquinauros. De esa forma pretende aniquilar a ambos de una sola envestida.

Hipnos: *"Dreamman, estoy muy orgulloso de que pertenezcáis a este mundo como un oficial. ¡Encargaos de los cabecillas que yo guiaré las tropas contra sus guardias!"*.

Dreamman: *"¡Fantástico!, para mi es todo un honor luchar junto a usted"*. Le dice dándose la vuelta mientras señala con el escudo hacia abajo y con el látigo hacia arriba. Luego, desviando la mirada hacia el soldado que lleva el cuerno en la cintura, le hace una señal bajando y subiendo levemente la cabeza. El soldado sosteniendo el cuerno, lo lleva hasta sus labios soplándole con gran ímpetu.

Los gritos de guerra de los hombres enardecidos se escuchan intensamente una vez que el toque ha sido liberado. El resplandeciente ejército se divide en dos partes comenzando la acción. La luz se dispersa en ambas direcciones tomando matices de naranjas a rojizos en los bordes, cada vez que los arqueros disparan sus flechas de lava hacia los bandos enemigos.

Los Gorílagos y los Maquinauros también comienzan el ataque con sus respectivos gritos de guerra. Los primeros en ser abatidos son algunos de los Gorílagos que caen atravesados por las ardientes flechas; iniciando un rápido descenso. Los pesados cuerpos de negro pelaje, aplastan violentamente a algunos Maquinauros en el suelo. Los cuales imposibilitados para volar, lanzan hierros al aire tratando de alcanzar a cualquiera de los soldados de los bandos opuestos.

Dreamman localiza a Volkov que se diferencia de los demás Maquinauros por llevar la cabeza cubierta de una protección metálica, hecha de pequeños triángulos que convergen hacia la parte posterior. Algunos gases escapan de sus articulaciones, sus movimientos requieren de grandes esfuerzos haciendo recordar las viejas maquinarias a vapor.

Éste sosteniendo un tubo de acero inoxidable en una de sus manos, comienza a girarlo rápidamente como las aspas de un helicóptero. Para su sorpresa comienza a elevarse, dándose cuenta que está volando; encontrándolo muy provechoso. Elevándose hacia la masa brillante comienza a golpear numerosos soldados de la luz, derribándoles; los cuales son rematados una vez al llegar al suelo por otros Maquinauros. Éstos al ver a su líder volando, con gran destreza imitan los movimientos de Volkov, comenzando a volar uno tras otro.

La batalla se ha convertido ahora en un encuentro aéreo. Los Gorílagos se mezclan con los otros ejércitos en la matanza. Cortan sin piedad con las poderosas uñas de las alas a cualquiera que pase cerca de ellas. Sus gritos se escuchan como ondas expansivas moviendo de lugar a quienes se encuentren en frente, aturdiéndoles. De esa manera toman ventaja para poder herir o aniquilar a sus contrincantes.

Otro susurro llega a los oídos de Dreamman: *"Danny, debes eliminar a los líderes, sólo así podrás detener la matanza"*. Las flechas no son efectivas en este punto del combate, los ejércitos se han mezclado. Se hace muy peligroso el uso de las mismas, puesto que podrían herir a un compañero.

Dreamman piensa emitiendo un susurro que comienza a avanzar velozmente entre los soldados, llegando hasta el que posee el cuerno, dándole una orden: *"Reagrúpense con los escudos, las lanzas y las espadas en forma esférica".* El cuerno es soplado nuevamente, escuchándose en cada rincón del lugar. Los transparentes escudos brillan intensamente en el borde, haciendo que cada soldado interpretase el mensaje. Comienzan la reagrupación, formándose grandes grupos con los escudos como protección, simulando enormes paredes luminosas hasta formar la esfera brillante.

Otro susurro llega al mensajero del cuerno, quien tras recibir el nuevo mensaje lo hace sonar una vez más; esta vez con una estrategia diferente. Un sincronizado movimiento de los escuderos hacia abajo en ciertas posiciones de la esfera, permite que los arqueros lancen las flechas sin temor. Luego son cubiertos nuevamente por la pared de escudos luminosos, permitiéndoles recargar las flechas de forma segura.

Muchos enemigos caen con la nueva estrategia, definiendo claramente quien es el mejor estratega. La lluvia de incandescentes flechas bañan los bandos opuestos, causando mayores bajas sobre los Gorílagos. Volkov al ver la formación prácticamente impenetrable, trata de retirarse regresando hacia los hierros; donde puede esquivar mejor las flechas. Pero…, Dreamman lo ha localizado. Abalanzándose sobre él por sorpresa, hace que ambos se revuelquen entre los metales y cadáveres de los guerreros.

La lucha cuerpo a cuerpo ha comenzado, Dreamman se esquiva los golpes del Maquinauro con precisos movimientos. Utiliza muy bien el terreno, haciéndole fallar cuando Volkov intenta golpearlo.

El Maquinauro lanza una gran cantidad de metralla al sacudir sus patas entre los hierros, luego le lanza dos flejes que hace girar circularmente. El Héroe de los Sueños habilidosamente los evita de dos latigazos, mientras que son necesarias varias vueltas para evadir los pedazos. Al incorporarse y estando pendiente de los movimientos de Volkov, siente una fuerte presencia en su retaguardia que le obliga a girar repentinamente, cuando...

Recibe la sorpresa de un rápido puñetazo sobre el rostro, acompañado de un fuerte grito del Gorílago gris. El impacto quiebra el cristal de la máscara del lado izquierdo, exponiendo parcialmente la identidad del héroe. Con el golpe es impulsado a varios metros, lejos de su atacante.

Dreamman se encuentra atontado y desorientado sobre los hierros. Afortunadamente los cristales no le han cortado el rostro pero su desecha máscara deja entrever parte de la mitad de éste. Mauaji sintiéndose vencedor se le acerca levantando una pesada estructura de acero retorcido. Elevándola lo más alto que puede, intenta dejarla caer sobre el cuerpo de Dreamman.

Como un luchador olímpico, Volkov arremete contra Mauaji mientras esta entretenido. Empujándole y forcejeando, lo deja con las ganas de eliminar al forastero enmascarado; haciéndole soltar la pesada estructura. Ésta cae estruendosamente sobre lo alto de un montículo muy cerca de Dreamman. Pronto la estructura comienza a rodar cuesta abajo, Dreamman se percata del peligro y dando una vuelta hacia delante evita ser aplastado.

Poniéndose de pie todavía medio mareado, observa parpadeando lentamente como el campo de batalla se ha convertido en un verdadero infierno. Se examina percatándose que ha salido ileso del ataque pero se encuentra indefenso sin su escudo y sin su inseparable látigo justiciero.

Volkov y Mauaji protagonizan un ensangrentado encuentro, digno de una pelea final entre dos campeones. Salen a relucir los viejos conflictos entre ellos respondiendo ambos con agresivos golpes, patadas e incluso mordidas; produciéndose heridas serias entre ellos.

En el helicóptero, los cuerpos de los prisioneros convulsionan a la vez que afloran las heridas que se van produciendo, asombrando a los soldados de la escuadra élite.

Dreamman ya recuperado, observa como tres Gorílagos le han detectado al ponerse de pie. Se abalanzan furiosos sobre él. Sabe que no puede fallar si quiere ver nuevamente a su familia y conocer a su hijo; así que... llenándose de gran coraje extiende sus brazos hacia los laterales adquiriendo nuevamente en sus manos a sus viejos compañeros de lucha. Los Gorílagos le lanzan gritos formando ondas sonoras expansivas empujando todo a su paso. Dreamman cubriéndose con el escudo se recuesta en él para contener el impacto. Los pies seden ligeramente hacia atrás y con un movimiento giratorio lateral, facilita el despliegue del látigo. Éste se estrella finalmente sobre los atacantes cortándoles en pedazos, de un sólo golpe.

Los grandes trozos de Gorílagos continúan rodando hacia su espalda tan lejos donde la inercia les permite; justo donde se encuentra la pelea de los cabecillas. Los luchadores advierten los trozos cuando son golpeados por algunos trozos, deteniendo la pelea.

Con los rostros magullados se voltean de un salto para ver de dónde han provenido esos trozos de carne Gorílaga. Advierten la presencia de Dreamman que nuevamente con mucho estilo gira con los brazos abiertos, sosteniendo entre sus manos a sus inseparables armas; deteniéndose frente a ellos, aún con la máscara parcialmente rota.

La posición en que ha dejado su cuerpo es desafiante, provocando la ira de sus adversarios. Ambos aprietan los labios y los puños tomando la postura como un desafío.

Mauaji: *"Ya veo que no eres un sueño, puedo ver tu miserable rostro humano desde aquí"*, la estremecedora voz aun hace quebrar pequeñas astillas de vidrio sobre la máscara de Dreamman, continuando: *"Ya me ocupare de ti, tan pronto resuelva un asunto pendiente con esta chatarra"*. Volkov le mira entrecerrando los parpados.

Volkov: *"No hace falta que termines tus sucias palabras, te cortaré la lengua y luego te despacharé al mas allá como te mereces, ¡idiota...!"*, la chillona voz lastima los oídos de los que escuchan, produciendo muecas faciales en ellos, mientras continúa: *"Sólo hay cabida para uno en este mundo. Yo vengo planeando esto desde hace mucho y no dejaré que me lo arrebaten tan fácilmente"*.

Dreamman: *"¡Calma, calma!, no hace falta que discutan por mí, yo no voy a ninguna parte. Tengo reservado castigos para todos"*.

Hace una breve pausa llevando la mano que sostiene el látigo debajo del mentón haciéndose el que está tratando de recordar algo. Demuestra que tiene mucho tiempo, queriendo impacientar a la audiencia, continuando: *"¡Ah, sí...!. Recuerdo haberle dicho a alguien una vez que yo soy la pesadilla de las pesadillas. Así que... si aquí sobra alguien, no soy precisamente yo"*.

La frase molesta en demasía al Gorílago, quien haciendo un fuerte rugido produce ondas en dirección a Dreamman. Éste se cubre con el escudo nuevamente clavando los pies en el suelo y empujando tanto como puede hacia delante para no ser arrastrado.

Volkov ve una oportunidad de ataque decidiendo abrir su espalda para dejar salir un largo brazo mecánico de dentro, el cual recorre una gran distancia como centella en dirección al Gorílago. La gran velocidad a la que ha sido lanzado, no deja presenciar los detalles del mismo; de ahí el afán de Hipnos para poner al héroe en sobre aviso, de que tuviese cuidado con la espalda del Maquinauro.

Dreamman pensando: *"Soy muy afortunado. Si me lo hubiese lanzado a mí en vez de al Gorílago, creo que me hubiese costado trabajo evadirlo"*.

El larguísimo brazo dotado de filosas pinzas se adhiere a una de las alas del Gorílago arrancándosela de un tirón; dejándolo retorciéndose del dolor. Dreamman también ve una muy buena oportunidad para atacar, echando a correr hacia el centro entre ambos contrincantes. Lanzando su escudo con fuerza sobre el suelo, de un salto se trepa en él como un surfista y estando a una distancia prudencial; de un fuetazo con el látigo desmiembra la pinza que sostiene el ala cortada del Gorílago.

Ahora ya son dos los que se retuercen del dolor. Dreamman recoge el escudo calculando la distancia, posicionándose entre ambos cabecillas. Éstos incorporándose, en su interior no caben de la impotencia. Luego echan a correr hacia él en una desenfrenada carrera para descuartizarlo.

Calmadamente el héroe amarra el cabo del látigo a la empuñadura del escudo, dejando un largo tramo del mismo suelto, sobresaliendo del ovalado protector.

Un susurro se acerca fugazmente a sus oídos: *"No lo hagas, es muy peligroso"*.

Sin hacerle caso al susurro, Dreamman pone la rodilla izquierda en la tierra, mientras que apoya el codo del mismo lado sobre la rodilla contraria que se encuentra elevada. Subiendo ahora el brazo derecho que sostiene el escudo, hace un movimiento circular comenzando desde el frente hacia detrás. Luego lo eleva dejando allí el antebrazo flexionado, quedando el puño que sostiene el escudo frente a la máscara. La cola del látigo cae libremente sobre el suelo comenzando a destellar al igual que el borde lumínico del escudo; teniendo de esta manera a los agresores de ambos lados y aproximándose peligrosamente a toda velocidad.

Susurro: *"¡Dreamman, no..., no lo hagas...!"*, en esta ocasión, más que un susurro se trata prácticamente de un grito.

Los cuerpos de los atacantes ya se encuentran tan cerca que Dreamman comienza a darle un violento giro al escudo impulsado por la muñeca. Éste a su vez hace girar el látigo a tal velocidad que su cuerpo continúa el movimiento giratorio impulsándole aún más; quedando haciendo giros suspendido en el aire en una posición horizontal. La velocidad de envestida de los agresores es tal…, que les impide detenerse por mucho que lo intentaron. Cada vez se acercan más a lo que vería desde la distancia como la hoja de una sierra despidiendo chispas a su alrededor. Los ojos de los atacantes quedan muy abiertos sin poder hacer otra cosa que gritar del dolor cada vez que son impactados por la quemante hoja giratoria.

Los cuerpos de los prisioneros en el helicóptero se estremecen aún más mientras se seccionan por el centro, algo inexplicable para los ocupantes de la aeronave; dividiéndose en dos partes iguales cada uno. Una vez seccionada la última porción de ambos, se puede observar que el compartimiento del helicóptero ha quedado totalmente ensangrentado; desapareciendo por completo los temblores y los torbellinos alrededor de la misma. Los guardias impregnados con la sangre de los prisioneros se miran unos a otros asustados por lo que han presenciado sin poder pronunciar palabra .

El escenario de la batalla desaparece mágicamente, dejando a Danny en el espacio intertubular observando cómo se aleja el helicóptero, sano y salvo.

Un susurro se aproxima: *"¡Tonto!, pudisteis haber muerto con esa maniobra"*, una breve pausa transcurre, hasta que es alcanzado por otro: *"Pero no me equivoque al elegirte. Tu valor y destreza nos ha salvado a todos de una catástrofe segura. ¡Gracias Danny, Comandante de los Sueños!"*, Danny sonríe.

Danny: *"Gracias a ti Hipnos por confiar en mí"*.

Sin perturbar el sueño de una pantera que descansa sobre la rama de un árbol muy cerca de él, la utiliza como puerta para llegar hasta la Madeja y de ahí retornar a casa. El fatigado cuerpo de Danny despierta sobre las mojadas sábanas, sus músculos están tensos y de buena gana se hubiese quedado durmiendo. Pero… una promesa es una promesa. Se viste, mira su reloj advirtiendo que es ya entrada la madrugada.

Sin hacer ruido sale de casa de Pedro Pablo echándose el saco al hombro luego de cerrar la puerta. Sostiene el portafolio con sus dedos temblorosos, los cuales observa moverse por un instante.

Elevando la cabeza echa un vistazo a la ciudad que duerme tranquila. Un profundo suspiro precede al movimiento para ajustar los gruesos lentes y rellenar el rincón del orgullo al saber que ha cumplido con su deber. El frescor de la madrugada de Miami le acompaña hasta el auto, entra en él y baja el vidrio de la puerta del chofer para poder sentir la brisa marina al acelerar. Durante el trayecto aumenta la impaciencia por llagar, para acurrucarse junto a su bella amada y su hijo por nacer; así que acelera un poco más para acortar el tiempo de viaje.

UN SUEÑO HECHO REALIDAD

Capítulo 17

Varios días han transcurridos desde la gran batalla librada en la Madeja. Hoy Danny se encuentra junto a su madre muy cerca del altar en una pequeña y antigua iglesia de la ciudad de Miami. La iglesia Congregacional de Coral Gables, localizada justo frente al bello hotel Biltmore.

El gran día ha llegado, en tan sólo unos minutos hará entrada la novia por la majestuosa puerta de madera. Danny está muy nervioso e intranquilo, su madre le arregla el lazo del cuello mientras despoja de sus hombros algunas diminutas hebras de hilo, acercándose luego a su oído.

Sofía: *"Que orgullosa estoy de que por fin te vayas a casar con tan adorable mujer y sobre todo que me vayas a hacer abuela..."*, la alegría se le ve reflejada en el rostro.

Danny: *"Si, Mamá, es una grandiosa mujer y no me cabe la menor duda que será una excelente madre también"*.

La ceremonia cuenta con muy pocas personas. Será una boda sencilla, sin mucho lujo, solamente con los familiares y amigos más cercanos. Pedro Pablo se encuentra sentado en la primera fila conversando en voz baja junto a su pareja en espera de la entrada de la novia. Al notar que Danny le mira sonriente con muchos nervios, le hace una seña cerrando el puño con el dedo pulgar extendido para darle apoyo. No siendo suficiente, éste se levanta rápidamente y al llegar junto a él, se le aproxima dándole una nalgadita.

Pedro Pablo: *"Cálmate muchacho que nadie te la va a quitar, esa mujer está muerta en la carretera contigo"*. Danny no puede contener la risa, Pedro Pablo siempre ha tenido la facultad de alegrarlo con sus dicharachos y gestos muy cómicos.

La música no se hace esperar, anuncia la apertura de las puertas del bello salón de la iglesia estilo español, con bancos torneados de madera preciosa, altas ventanas curvas en la cúspide y coloridos vitrales.

La torpe visión del Héroe de los Sueños no le impide presenciar la entrada de su bella amada vestida de blanco. Puede verle el rostro a través del velo del mismo color, haciendo juego con el bouquet de flores que porta en sus enguantadas manos de un fino encaje. Su padre la lleva del brazo caminando muy lento por el pasillo, adornado con rosas y pétalos que van guiando el sendero al altar.

El padre de Kelly le hace entrega a Danny de su hija, no sin antes decirle: *"¡Cuídemela bien!"*.

Danny: *"¡No se preocupe suegro, está en las mejores manos!"*.

Acercándose uno al otro no dejan de mirarse continuamente. El amor que sienten es tan puro y verdadero como las velas que allí les iluminan, reflejándose en el brillo de sus ojos como estrellas en el infinito cielo. Arrodillándose, aún mantienen la mirada profesándose amor eterno, hasta que el sacerdote: *"¡UJUM...!"*, aclara su garganta interrumpiendo a los tórtolos.

Sacerdote: *"Siempre tengo que hacer lo mismo y no me mal interpreten, es lo que más me gusta hacer. Interrumpir a dos enamorados que vienen aquí hoy a ser bendecidos por el amor de Dios. Formar parte de ese intenso contacto visual, separando a los que se enfrentan cariñosamente, es sin duda un placer para mí"*. El sacerdote sonríe y continúa: *"No se preocupen muchachos, Dios no se toma tanto tiempo en la ceremonia, luego tienen todo el resto de la vida para amarse"*. Sus palabras inevitablemente arrancan numerosas carcajadas en los presentes y el enrojecimiento facial de los novios.

La ceremonia continúa alegremente, los anillos fueron traídos por los padrinos y puestos por los respectivos cónyuges en los dedos anulares de su pareja. Mientras el sacerdote bendice la nueva unión que se ha formado, Danny cierra los ojos transportándose momentánea e inevitablemente a la Madeja; allí el ejército formado con los estandartes de camuflaje con la letra *"D"* en rojo ardiente y encabezados por la esfera brillante... Vitorean el nombre de Dreamman.

Hipnos: *"Os felicito a ambos, también os deseo tengáis una próspera y duradera relación llena de amor y bendiciones para vosotros y vuestros hijos, ¡En hora buena!"*.

Danny: *"Gracias, le agradezco su gentileza..."*, no termina de agradecerle cuando es transportado por el túnel en retroceso a toda velocidad abriendo los ojos sobresaltado.

Sacerdote: *"Espero no te hayas arrepentido hijo mío, lo repetiré nuevamente"*, el eclesiástico eleva el tono de su voz observando cuidadosamente al que cree indeciso, continuando: *"¿Aceptas por esposa a Kelly Méndez para amarla y respetarla, en la riqueza y en la pobreza, en la salud y la enfermedad, hasta que la muerte los separe?"*.

Danny la mira fijamente a sus preocupados ojos cuando le dice: *"No deseo otra cosa que amar a esta hermosa mujer por el resto de mi vida y mas allá; ¡Si, acepto!"*.

Una bella sonrisa escapa de los labios de Kelly con algunas lágrimas de alegría.

Sacerdote: *"¡Pues ahora sí, ya puedes besar a la novia. Yo los declaro marido y mujer!"*.

Danny levanta el velo sobre la cabeza de su ya esposa, sosteniendo la mirada en sus carnosos labios carmesí. Descendiendo lentamente las manos hasta las mejillas, sostiene su cabeza dándole una ligera inclinación y lentamente se va acercando, cuando...

Se escucha la inconfundible voz de Pedro Pablo gritar: *"¡Acaba de besarla compadre, no seas tan remolón...!"*. Nuevamente las carcajadas no se hacen esperar incluyendo las de los novios, los cuales se lanzan a por los labios del otro sin titubear. Sellando la relación con el tan añorado beso nupcial.

Al despedirse del sacerdote saludan a los presentes y se retiran de la iglesia para darle paso a la mejor parte de las bodas, la fiesta. En una mansión se ha preparado un buen banquete, donde los presentes pueden comer y beber a sus anchas. Disfrutan de la hermosa vista del patio con pavos reales y jardines maravillosos. La música a cargo de un famoso DJ de la ciudad, pone a todos a bailar para hacer de la jornada un hecho inolvidable.

Unos días más tarde…

En un acto de condecoración a los oficiales de la escuadra élite de los NAVY SEAL, que participaron en la operación africana para rescatar el AP-23. Se encuentran los oficiales y soldados a cargo de la misma, así como sus familiares.

El presidente de los Estados Unidos, Edric McGwire. Desciende de la limosina negra, escoltado por los conocidos miembros del servicio secreto. Éstos acompañan al mandatario hasta la colorida tarima para luego ocupar sus posiciones. Pueden verse las muchas banderitas de la nación siendo agitadas por los presentes, hasta que el presidente comienza a dedicarles sus palabras.

Presidente: *"Muchas gracias a todos los presentes esta tarde, que han venido para presenciar la entrega de un merecido reconocimiento a valerosos soldados de esta gran nación americana. Ellos, luchan día a día para defender la democracia y el bienestar de su pueblo…"*. El discurso continúa durante algunos minutos hasta que el presidente baja de la tarima caminando hacia un lado de la misma, donde se encuentra formada la escuadra y los oficiales; todos en sus respectivos trajes de gala.

El mandatario se acerca al Teniente Jones mientras un soldado fuera de la alineación se acerca con una almohadilla repleta de medallas. Sosteniendo una de ellas, la coloca en el uniforme del teniente estrechándole la mano para darle posteriormente las gracias. En cuanto éste la libera, el teniente cierra los ojos colocando el brazo derecho sobre el pectoral izquierdo, diciendo…

Tte. Jones: *"No creería que me perdería la ceremonia, ¿Verdad?"*.

Presidente: *"¿Perdone, teniente?"*, pregunta asombrado por sus palabras.

Tte. Jones: *"Aquí esta Dreamman presente"*, el resto de los soldados miran hacia el oficial sin voltear la cabeza.

Presidente: *"¿Así que usted es Dreamman?"*.

El teniente abre los ojos sorprendido de haber tenido una pequeña laguna mental, luego baja el brazo lentamente mirando hacia los lados. En tanto el siguiente soldado en fila cierra los ojos elevando el brazo derecho hasta el pectoral izquierdo, diciendo: *"¡Y…, Yo también!"*, provocando que el presidente desvié su atención. Así sucesivamente, cada soldado de la alineación comienza a hacer lo mismo desconcertando al mandatario, quien comienza a sonreír.

Para su sorpresa al voltearse hacia los familiares, comienzan a levantarse de sus asientos uno a la vez en distintas posiciones algunos de los participantes de la ceremonia. Los cuales corresponden al mismo saludo cerrando los ojos, quedando luego desorientados.

El presidente se da cuenta que Dreamman en realidad está presente en el acto, pero que quizá nunca llegue a conocerle. Luego de terminar la condecoración nuevamente sube al podio para retomar el micrófono por un instante; cosa que no estaba prevista. Lo cual causa preocupación entre los miembros del servicio secreto.

Presidente: *"Quisiera felicitar y simbólicamente condecorar a aquellos que de manera anónima colaboran con nuestra nación y decirles que estamos muy orgullosos de poder contar con ellos y hacer de esta nación un sueño hecho realidad".*

FIN

ALGUNAS REFLEXIONES

Estas pocas reflexiones representan una forma de cómo el autor, de una manera poética aborda algunos aspectos de la vida cotidiana y nada tiene que ver con el contexto de la novela del Héroe de los Sueños, pero de alguna manera quería compartirla con mis lectores.

Muchas gracias.

Venimos a la vida, enrollados en el vientre materno como diminutas esponjas comprimidas dentro del puño divino. Nos echan a rodar cuesta abajo justo al nacimiento, recogiendo emociones variadas en nuestro andar: alegrías, angustias, amor y desdén. Acciones que se encadenan a nuestros recuerdos sin poder deshacernos de los más pesados, haciendo el camino lento y tedioso en ocasiones. Para algunos el trayecto es corto, muchas veces ni comienza. Para otros se hace infinito... pero al final, embebidos y cansados de tanto cargar; somos recogidos por la misma mano divina que silenciosamente espera a los pies de la colina para alimentar su infinito ser.

Quien ande por ahí criticando la vida ajena, es un cobarde marinero incapaz de navegar en la marea de su propia vida.

Llevamos el egoísmo tan impregnado en nuestra carne que nunca sabremos cuando hemos llegado al paraíso.

Elder J. Rodríguez.